僕の☆☆☆☆☆☆六つ星スキルは伝説級？

外れスキルだと追放されたので、もふもふ白虎と辺境スローライフ目指します

Touma Inugami
いぬがみとうま

ill. 嘴広コウ

白虎
カイリーン王国の西方を
守護するとされる聖獣。
かつての力を失ってしまい、
今はただのしゃべる猫。
ニャーメイド
白虎の毛から生み出された眷属。
建築、農業、戦闘は得意だが、
料理については……
ライカ
カイリーン王国の西方を統治する
ホワイトス公爵家の長男。
史上初の六つ星のスキル『ダウジング』を
授かるも、勘当されてしまう。
Characters

料理長
★
ホワイトス公爵家の料理長。
あらゆる料理に精通している。
フィン
★★★★
ホワイトス公爵家の次男で
ライカの弟。幼い頃から
ライカと比較されて
育てられる。
マウラ
鍛冶を生業とするドワーフ。
その腕前は一級品。
ルシア
★★★★★
北方の領地を統治する
タートリア公爵家の令嬢。
上品で心優しい性格。

第一章　六つ星のユニークスキル

「剣技だ！　十歳になるまでは、とにかく剣技を磨け！」

これが父上の口癖《くちぐせ》だった。

カイリーン王国の四大公爵家《よんだいこうしゃくけ》が一つ、西方を統治《とうち》するホワイトス家。長男は僕、ライカ。そして、一つ年下の弟、フィン。僕たちは今日も屋敷の中庭で父上との剣の修練《しゅうれん》に励《はげ》んでいる。

今は父上とフィンが打ち合いを行っているところだ。

父上の振り上げた木剣が、フィンの頭をめがけて振り下ろされる。

フィンは防御《ぼうぎょ》しようと木剣を構えるが、九歳の腕力《わんりょく》では耐えきれず、父上の剣圧で潰れたカエルのように地面に這いつくばる。

「フィン、立て！　この程度防げぬようでどうする。もうよい次！　来いライカ！」

「はい！　父上」

僕は二本の木剣を両手に持ち、父上と対峙《たいじ》する。

打ち合いを始めるとすぐに、僕は先程フィンを潰した剣圧に襲われる。

僕は両の剣を頭上に構え、襲いくる剣撃を受け流す。力の方向を変えられ地面を叩いた父上の剣を、僕は即座に踏みつけた。剣を引き抜かれる前に、僕は体を回転させて父上の頭部に水平斬りを繰り出す。

「取ったぁぁ！」

しかし、僕の剣は空を切る。父上は剣を引き抜くのではなく、剣から手を離し、いとも簡単に躱してみせた。

「はぁ、今日もダメだ。父上には敵いません……」

「いや、すごいぞライカ！　私は剣を離さなければやられていたし、剣を失ってしまったのだから、もう勝ち目はない。お前は天才だよ、それでこそホワイトス家の跡取りだ！」

「ありがとうございます！　父上」

「だが、フィン……お前はだめだ。ライカを見習って、もっと努力しなければどうにもならんぞ」

父上にひどくやられて、砂まみれで座り込み泣いているフィンに、僕は手を差し伸べる。

「フィン。大丈夫だよ。お前ならすぐ強くなるさ」

「兄上……」


修練が終わり夕食の時間。長いテーブルの部屋の入口から一番離れた席に父上が座り、入口に近い席でテーブルを挟んで向かい合い母上とフィン、僕が座る。これがホワイトス家のいつもの席だ。

テーブルに運ばれてくる料理は、いつものことながら見た目も盛り付けも完璧だった。

「ライカよ。来月はいよいよ神託《しんたく》の儀だな」

料理がそろうと、父上が口を開いた。

この国の子供は、十歳になる年の六月、王都にある聖堂《せいどう》へ集まり、神託を受ける。それによってスキルが発現する。

スキルは人によって属性と星の数が異なる。基本四元素《よんげんそ》の『火《ひ》』、『水《みず》』、『土《つち》』、『風《かぜ》』の属性の通常スキル。四元素の上位互換や発現することが珍しい『雷《かみなり》』、『闇《やみ》』、『癒《い》やし』などのレアスキル。そして、歴史上初めて確認されたスキルは、ユニークスキルに分類される。

「はい。父上」

「四《よ》つ星《ぼし》レアスキル。いや、お前ならば五《いつ》つ星《ぼし》も夢ではないな」

「五つ星なんて、先々代の国王様ではないですか。僕などが……」

……三《み》つ星《ぼし》でも、すごいと言われているのに。

「お前の剣の腕は既に私を超えている。きっと当代一の剣士になるはずだ。スキルが発現したら、このホワイトス領の剣士部隊長《けんしぶたいちょう》を任せるぞ。それか、王都の剣士部隊に入るのもありだな」

父上は意気揚々《いきようよう》と話す。

軍事国家であるこの国は、スキルを使った剣技で他国を圧倒してきた歴史がある。

水属性の上位属性であり、四つ星の『氷《こおり》』のスキルを持っている父上は、王都の剣士部隊長になり功績を挙げた過去があるため、僕にも剣士部隊での活躍を期待しているのだろう。

果たして、僕は神託でどんなスキルを授かるのか……

翌月になり、いよいよ神託を受けるために王都へ出発する日となった。

「いよいよ神託ね、母はライカの良い結果を待っていますよ」

「はい。母上、行ってまいります」

「ライカ、行くぞ、早く馬車に乗りなさい」

馬車にいる父上が僕を呼ぶ。馬車の方へと歩き出すと、後ろからフィンが目を輝かせて語りかけてきた。

「兄上、良い結果となることをお祈りしております」

「ああ、頑張ってくるよ。フィンは母上の言うことを良く聞いて、いい子にして待っているんだぞ」


王都へ向かうには、森の中を進む必要がある。

この国には四聖獣《しせいじゅう》の加護があるとされている。東西南北の土地をそれぞれ四聖獣が守っており、その加護により、この国には魔獣が寄ってこないのだという。

僕の住む西の領地は、白虎《びゃっこ》の守護があるとされているからか、ホワイトス家の屋敷の入口には、白虎の絵画が飾られている。

森の中を進んでいくと、北方の領地からの道と合流する場所で、前を行く馬車が現れた。

「きゃぁぁぁぁぁ」

突然、少女の叫び声が森の中に響く。僕が馬車の窓から身を乗り出して前方を確認すると、そこには魔獣によって喉元を食いちぎられた馬が横たわっており、前の馬車を取り囲む五匹の大きな狼のような魔獣が見えた。

この辺りにいるはずがない魔獣が、前を走る馬車に襲いかかっているのだ。

「父上！　魔獣です。前の馬車が……」

「魔獣だと……あり得ぬぞ、森の奥ならまだしも、この地域に現れるなんて」

僕が馬車を飛び降りると、襲われている馬車から年老いた執事が剣を携《たずさ》え出てきた。

彼が剣を構えると、柄を握る手が赤く光り出す。その光が剣身へと移り炎へと変わる。

スキル……『火』の属性か！

老執事の剣がゴォォっと音を立てて、狼型の魔獣に振り下ろされる。しかし、魔獣はそれを軽く跳躍して躱し、老執事の刃は空気を焼くだけに終わった。

その隙を見逃さず、後ろに控えていた魔獣が老執事に襲いかかり、剣を持つ腕に咬み付く。そのまま首を左右に振り、老執事の腕を引き裂いた。

「ぐぁぁぁ」

手から離れた剣は炎が消え、地面に転がる。

このままではあの人が死んでしまう。

僕は双剣を鞘から抜き、老執事に咬み付く魔獣に斬りかかる。僕の剣が直撃した魔獣は、老執事の腕を離し後退《あとずさ》る。

……斬れない。魔獣というのはこんなに硬いものなのか。

標的を僕に変えて飛びかかってくる魔獣に、今度は双剣での突きを食らわせる。刃は魔獣の毛皮を微《かす》かに貫く程度のダメージを与える。

致命傷を与えることはできなかったが、魔獣を老執事から引き離すことはできた。

しかし、気がつけば五匹の魔獣が僕を取り囲み、距離を詰めながら牙を剥き威嚇してくる。

僕の剣では魔獣を倒すことはできない。膝が震える。吸う息も、吐く息も震えている。

僕は恐怖しているのだ。

次の瞬間、僕の背後から氷の刃が飛び出し、遅れて冷たい風が吹き抜ける。氷の刃は五匹の魔獣に刺さり一瞬で絶命させた。

振り向くと、スキルを放った父上が立っていた。

す、すごい……これが父上の四つ星のスキルの威力か。

「大丈夫か、ライカ」

「はい！」

「お前は、本当にすごいな。スキルなしで魔獣に傷をつけるとは……末恐ろしい子だ」

「それより父上！　怪我人を」

父上が、怪我をした老執事の手当をしていると、馬車から少女が降りてきた。

綺麗な深い緑色の髪をした少女が、震えながら口を開く。

「あ、ありがとうございます。助かりました。当家の執事の容態《ようだい》は……」

「ああ、命に別状はないが、この腕は……もう剣を握ることはできないだろうな」

父上は目を瞑《つむ》り、首を横に振りながら答える。

「そうですか、でも、命だけでも助かって良かったです。本当になんとお礼を言えばよいか」

僕と同じくらいの年頃の少女、おそらく彼女も神託を受けに行くのだろう。とても上品な振る舞いから、良いところの令嬢だとわかる。

「ふむ。馬も潰れてしまっているな。我らの馬車にお乗りになるがよいだろう」

父上の提案で、彼女は僕らの馬車に一緒に乗ることになった。

「助けていただきありがとうございます。私は北の領地、タートリア家のルシアと申します」

「おお、タートリア公爵家のご令嬢か。私は西のロイド・ホワイトス公爵である。これは長男のライカだ」

ルシア・タートリア。北方の公爵家の令嬢と一緒に、僕は神託を受けるために王都へと向かった。


王都の神殿では、神託の儀が行われている。

二日間にわたって行われる神託の儀は、初日は平民の子供たちの神託が行われる。

各自の名前が呼ばれ、司祭から神託を言い渡されるのが流れだ。

神台《しんだい》の天井から下りてくる光の色によってスキルが判別され、光の強さによって星の数が決まる。

原因はわからないが、平民がレアスキルや三つ星以上の神託を受けることは滅多にないそうだ。

今日は二日目、貴族の子供たちの神託の儀だ。これが領地経営《りょうちけいえい》、爵位《しゃくい》にまで影響するとなると、自然と注目が集まる。神殿の壁際に並ぶ席では、貴族の当主たちが我が子を見守っている。

今年は、例年にないほど三つ星スキルの発現が頻発したらしく、神殿には度々感嘆の声が響いた。

「ルシア・タートリア。こちらへ」

道中で出会い、一緒に神殿まで来たルシアが司祭に呼ばれた。

彼女が神台の前に立つと天井から光が降り注ぐ。今までの者とは明らかに違う色と光の強さ。

「おお！　レアスキルだぞ」

「おおお！　さすが公爵令嬢だ」

神殿中がどよめく。ルシア本人も驚き狼狽《うろた》えている。

「レアスキル、『癒やし』……い、五つ星」

司祭が唇を震わせながら宣言する。

「先々代の国王以来の五つ星だぞ！」

「「「おおおおお！」」」

参加していた貴族の誰かがそんなことを叫び、神殿の歓喜の声と熱気は頂点に達する。実に百年ぶりに発現する五つ星だ。更にレアスキルである。特に『癒やし』が出現することは稀《まれ》であり、星の数を問わずとも、王都に数えるほどしかいない。

しばし神殿は興奮に包まれ、「静粛《せいしゅく》に」と大声を出す司祭の制止も意味をなさなかった。

「ライカ・ホワイトス。こちらへ」

やっと静寂《せいじゃく》を取り戻した神殿に、最後の一人である僕の名前が響いた。

僕は、なんの神託を受けるのか。膝が震え、心臓の鼓動が聞こえる。

なんだ！　この光の眩しさは！

目を開けているのがやっとだ……けど、なんて綺麗なんだ。

僕に降りかかる光は、先程のルシアのものより眩《まばゆ》く輝き、目を開けていることもままならないほどだ。

光が収まると、司祭が神託を伝える。

「こ、これは……ユニークスキル『ダウジング』？　む……」

「ユニークスキルだと？」

「『ダウジング』？　なんだそれは」

神殿のあちこちから困惑の声が聞こえる。

しばしの間司祭が言葉を失ったかと思うと、ごくりと生唾《なまつば》を呑み込む音が聞こえた。

「……六《む》つ星《ぼし》」

「何？　星いくつだって？」

冷や汗を滴らせた司祭が再度、星の数を高らかに叫ぶ。

「六つ星!!」

「なんだって!?　そんな星の数聞いたこと無いぞ。間違いじゃないのか？」

「ま、間違いない。六つ星だ！」

神殿には、歓声と混乱が入り混じるような声が湧き、鼓膜が破れそうなほどの騒ぎ様だ。

この国の初代国王が授かったスキルも、建国以来二百年、他の誰にも発現していないため、ユニークスキルに分類されているらしい。

しかも、今までどのスキルでも五つ星までしか発現しなかった。つまり僕は史上初の六つ星ということになる。まさか僕がそんな神託を受けてしまうとは。

神託の儀で六つ星のユニークスキルを授かった僕は、その後、神殿に集まった人々に囲まれたが、なんとか人の波をかいくぐり逃げるように神殿をあとにし、馬車に乗り込んだ。

「ライカ！　お前には本当に驚かされてばかりだ！　史上初の六つ星、しかもユニークスキルとはな」

「はい。自分でもいまだに信じられません」

「これで我がホワイトス家は安泰だな！　はっはっは」

父上は、初めて見るほどの上機嫌ぶりだった。喜んでくれる父上を見ると、幼い頃から父上の言いつけを守り、剣の修練や勉学に励んで来たのが報われる思いだ。

「ルシアといったか、タートリア家の令嬢。あの娘が五つ星のレアスキルを授かった時には驚いたぞ。だがしかし、さすがは我が息子だ。それを上回るスキルを授かりおった」

「自分でも、驚いています」

「これから、国中の貴族が、お前のもとに訪れるぞ。近くスキルのお披露目会をしなくてはな」

屋敷に戻るまでの馬車の中で、父上はこんな調子でずっと僕を褒めてくれた。

神託の儀から数日。

うーん。それにしても『ダウジング』って一体なんだろうか。

屋敷の書庫を片っ端から調べたが、『ダウジング』に関する記述は見つからない。父上曰く、剣にスキルを付与すると神託を受けた属性の技が発動できるらしいのだが。

「剣にスキルを……んぐぐぐぐ」

たしかに、力が流れるのは感じるし、剣も強く光っている。だが、何かが発動している感じはまったくしない。

こればっかりは、誰かに教われるものではなく、一人で修練するしかないのだそうだ。

「何も効果が表れないのに……疲れるなぁ、スキルって。今日はここまでにするか」

このあとはスキルの修練でへとへとになった僕にとっての至福の時間、食事の時間だ。

テーブルに着くと、父上が僕に尋ねてくる。

「ライカ。どうだ？　ユニークスキルの方は」

「『ダウジング』がなんなのかがわからなくて……いまだ、これといった手応えを感じません」

「そうか……まぁ、気にするな。お披露目会まではまだ時間がある。天才のお前ならできるさ」

それからも、修練に励む日々が続いた。最初の頃に比べて、スキルを流し込んだ時の剣の光は、格段に強くなっていた。この調子で続ければいつかはできる、今は信じて続けるしかない。

「兄上、スキルはまだうまくいかないの？」

修練場にやって来たフィンが僕に話しかける。

「ああ、まだまだだね。だけど頑張るさ。努力は必ず実るからね」

「うん。応援してる！　僕も兄上を見習って頑張るよ。父上は僕のことなんて興味ないみたいだけど……」

父上が僕を贔屓《ひいき》しているのは事実だろう。剣技は既に父上以上、それに、史上初の六つ星のユニークスキル持ちだ。

社交界でも、父上は随分鼻高々だと仰《おっしゃ》っていた。

「大丈夫さ！　お前も来年、良い神託を受けるはずだよ。僕の自慢の弟なんだから」

「うん！　そうだ、兄上、久しぶりに剣の相手をしてよ」

「うん。いいよ！　やろうか」

手合わせすればわかる。フィンの剣筋は悪くない。着実に剣は上達している。

この日、僕たちは日が暮れるまで修練を続け、兄弟水入らずの時間を過ごした。


更に二ヶ月が経った。今日、遂に僕の授かったスキルのお披露目会が行われる。

領地の貴族や豪商たちがホワイトス家の屋敷に招かれ、パーティが始まる。

会場には料理長の自慢の料理が並び、皆が舌鼓《したつづみ》を打っている。

「皆様、今夜は我が息子、ライカ・ホワイトスのスキルお披露目会に足を運んでくれて感謝する」

来賓《らいひん》たちが一斉に父上に注目する。

「今夜は史上初の六つ星。更に、初代国王以来のユニークスキルを皆様にお披露目する」

「おおお！　まさか初代国王を超えるスキルを生きているうちに見られるとは」

「六つ星だぞ！　いったいどんなに素晴らしいものなのだろう」

来賓たちは次々に期待を口にする。父上は、僕の肩に手を乗せ優しく微笑む。

「さあ、ライカ！　準備はよいか？　皆様、修練場へご移動願おう」


修練場の中央で双剣を携え立つ僕に、大勢の来賓が注目している。

正直、自信はない。スキルを授かってから三ヶ月、今まで一度もスキルの発動が成功したことがないのだ。最近は、何か掴めそうな感じはするんだけど……

父上や、母上、フィンも僕に注目している。目を輝かせて僕を見つめるフィンと目があった。

大丈夫。かっこいい兄の姿を見せてあげるさ。

そんな意味を込めて、僕はフィンにウィンクをして見せる。

キィィィィイン。

意識を集中させると両手の剣が光り出す。その光は徐々に輝きを増していく。

大丈夫。僕はいつも本番に強い。

光は剣に収束し、剣身そのものが七色に輝き出す。

「おお！　なんと神々しい」

「こんなに美しい光は見たことがないぞ」

発動！

心の中で叫ぶと、二本の剣が宙に浮く。

「おお！　剣が浮いている！　何が起こるんだ」

浮いた剣は空中で震え始め、地面に落下した。二本の剣はまるで転んだ子供が立ち上がるように起き上がり、ヨチヨチ歩きをする赤子のように歩き出す。

「へ？」

「は？」

唖然とする群衆はしばらくの間沈黙しながら、二本の剣が歩く姿を見つめている。

「ぷっ」

やがて群衆の一人が吹き出すと、つられるように皆が笑い出す。

「はっはははは」

「宴会芸じゃないか」

「ダメだ、やめてくれ、腹が捩《よじ》れる」

「〝ユニークスキル〟って〝ユニーク過ぎる〟の間違いじゃないか？」

「やめろ、誰が上手いこと言えと。あっはっは」

修練場に大爆笑が巻き起こる。父上を見ると、顔を真っ赤にして、身を震わせている。

僕は家名と父上の顔に泥を塗ってしまったことを瞬時に理解した。

昨日のお披露目会では大失態《だいしったい》をしてしまった。話しかけづらいけど父上に謝らなければ。

「父上……あの……」

「なんだ。ライカ」

冷たい視線で僕を見下ろす父上は、まだ怒っているのだろう。あれだけ大勢の前で大恥をかかせられたのだから。

「昨日は、ごめんなさい。うまくスキルを使いこなせなくて……」

「いや、私も機嫌を悪くしてすまなかった。お前なら、ちゃんと六つ星のユニークスキルを使いこなせるようになるだろう。精進しなさい」

しかしその後も、父の言葉もむなしく、進歩がないまま、僕は『ダウジング』が一体どういうものかわからない毎日を過ごした。

あれだけ期待していた父上も、進歩がなく不甲斐ない僕に、日々苛立っているのが表情や態度から見て取れる。


お披露目会から早三ヶ月。僕はいまだにスキルを使いこなせないでいた。

「今日のメインは、オマール海老の白ワイン蒸しでございます」

「……」

料理の説明をする料理長さんの言葉がむなしく響いた。

僕のお披露目会までは楽しかった食事の時間は、今では居心地の悪い時間へと変わってしまった。

「あと半年で、フィンの神託だな」

「はい、兄上のように六つ星を授かりたいですね」

「ふん、剣がヨチヨチ歩きするだけの、宴会芸のようなスキルをか？」

父上は僕を睨みつけながら吐き捨てるように言う。

「あはは。まさか、あれならば平民のように一つ星の方がマシです」

本当に居心地が悪い。こんな美味しい料理なのに……

「……ごちそうさまです」

僕は居心地の悪さに耐えることができず席を立つ。

父上の贔屓はフィンに移り、フィンも僕を馬鹿にし始めていた。


それからも僕は、修練場の端っこでスキルの修練を続けた。

キィイイイイイン。

眩く輝く光を纏った剣は浮かび上がり、次の瞬間には相変わらず地面をヨチヨチと歩き出す。何が六つ星のユニークスキルだ！

「あははは。本当に、〝ユニーク過ぎる〟だよ……僕のスキルは」

こんなことなら、四つ星でも、いや、三つ星でもよかった。ユニークスキルなんていらなかった。

僕は、父上に褒めてもらいたかっただけなのに……

僕が一人で食堂のテーブルに突っ伏して落ち込んでいると、お皿を置く音がして、オムライスの香りが鼻腔をくすぐった。

「あ、料理長さん」

「ライカ坊っちゃん、お悩みごとがある時は、まず腹ごしらえですよ」

「ありがとう……」

久しぶりに優しい笑顔を向けられた気がする。

僕はオムライスを食べながら、涙を堪《こら》えていた。

「……さて、私の昔話でもしましょうか」

一つ星、『火』のスキルを授かった料理長さんは、幼い頃からの夢であった剣士になることを諦めたそうだ。貧しい家だったので、働きに出て色々な職を転々としたのだが、賃金はわずかで薪《まき》が買えないほど困窮《こんきゅう》していた。冬、家の中は、ただでさえ寒いのに、硬いパンと冷たいミルクの食事。両親や兄弟は、震えながら食事をしていたんだそう。

「……その時です！　私はスキルを剣ではなくてフライパンに付与してみたんです」

「それでどうなったの？」

「フライパンは熱を持ち、薪がなくても料理が作れることに気がついたんです」

「わぁ、すごい！　料理長さんの肉の火入れは、スキルで調理しているから完璧なんだね」

「ふふふ、ありがとうございます。要は〝自分に適したものを見つける〟ということです。それを坊っちゃんにお伝えしたくて。さ、オムライスが冷めないうちに食べて、早く前のような明るく溌《はっ》剌《らつ》としたライカ坊っちゃんに戻ってくださいませ」

「ありがとう！　……自分に適したもの」

料理長さんの一言で、僕は何かが掴めそうな感じがした。

それから半年、僕は未だ『ダウジング』の正体がわからず、剣をヨチヨチと歩かせていた。

フィンが神託を受けるために王都へ出発する朝、僕はフィンに声を掛けた。

「フィン、良いスキルを授かるように、祈っているよ！　行ってらっしゃい」

「祈るなんて、やめてくれないかな兄上。〝ユニーク過ぎる〟を授かったらどうするんだよ」

しかし、こんな会話しかできなかった。

三日後、フィンは四つ星のレアスキルの『絶対零度《ぜったいれいど》』を授かり、屋敷へと戻ってきた。

それからずっと上機嫌な父上と母上は、早速フィンのお披露目会の準備に取り掛かり、フィンの神託から二ヶ月後、お披露目会の日になった。

「皆、我が息子、フィン・ホワイトスのお披露目会に足を運んでくれて感謝する」

来賓たちが、一斉に父上に注目する。

「我が息子の四つ星レアスキル、私のスキル『氷』の上位属性『絶対零度』をお見せしよう」

「おお、レアスキルか！　……まさか、去年のご長男のようなことはあるまいな」

「ははは、あれは傑作《けっさく》でしたな」

僕は宴会場の端で来賓たちの言葉を、なんとか笑顔で受け流す。

皆が宴会場から修練場へ移動すると、フィンは注目の中、自信満々で剣にスキルを付与する。

キィィィィン。

次第にフィンの持つ剣が冷気を纏《まと》っていく。

『絶対零度』のスキルが付与された剣を振り下ろすと、凄まじい速さで氷の刃が飛び出し、的として用意された分厚い鋼鉄の鎧を貫いた。更に、的を貫通し地面に突き刺さった氷の刃は、周囲の地面を凍らせている。

すごい……父上の『氷』のスキルとは比べ物にならない威力だ。

「なんだ！　この威力は」

「戦場の英雄と言われたホワイトス公爵のスキルよりすごいではないか」

会場の貴族たちからも驚きの声が上がる。

満面の笑みを浮かべる父上。冷たく笑いながら勝ち誇ったような視線を僕に送るフィン。

この日催されたフィンのお披露目会は、大成功で幕を閉じた。

第二章　追放と白虎との出会い

「さて、そろったな」

お披露目会の翌日、執務室に呼ばれた僕とフィンに向かって父上が口を開く。

「先程、決めたんだがな。このホワイトス公爵家の次期当主はフィンにすることにした」

ああ、それはそうだよな。わかっていたさ。

「で、ライカ。お前のような者がいると、フィンの足を引っ張ってしまうからな――勘当だ」

……え？　か、勘当？

「離れてはいるが北に別荘がある。そこをお前に与えるから、近いうちにこの屋敷を出ていけ」

「な、父上。それはさすがに」

僕の反論にフィンが言葉を被せる。

「父上は優しいなぁ。兄上なら別荘なんてなくても大丈夫さ。六つ星のユニークスキル持ちなのですから」

「フィン。まあそう言うな。せめてもの温情だ。ライカよ、なるべく早く出ていくのだぞ」

執務室を出て、僕は荷物をまとめた。と言っても剣二本と地図。それにナイフとランプ、ロープを鞄《かばん》に詰め込む程度しかない。ずっと屋敷に住んでいた箱入りの僕だ。何を持っていけば良いのかなんてわからない。

さあ、出ていくか。

「見送りは……あはは。誰もいないや」

門をくぐり歩き始めると、背後から僕を呼ぶ声が聞こえる。

「坊っちゃん！　ライカ坊っちゃん」

「料理長さん」

「さみしくなります。こちら、道中にお召し上がりください」

手渡されたのはお弁当だった。皆が僕に対して冷たく接しても、料理長さんだけは優しかったな。

「ありがとう。またどこかで会えたら……さようなら」

「ライカ坊っちゃんのお力になれずに申し訳なく思っております。どうか、お元気で……」

料理長さんはいつまでも門の前に立ち、僕を見送ってくれた。

屋敷から出てしばらく街道を進み森へ入る。僕は道の端にある岩に腰掛け、鞄から地図を取り出し広げた。

「えーっと別荘はどこにあるんだ？　……東北の森を抜けた先か」

別荘は随分と遠い場所にあるな。しかも、森には最近まで出現することがなかった魔獣が出ると聞く。

まさか、父上は魔獣が出ると知っていて、僕をわざわざ森の先にある別荘に……

「ガルルルルルルル」

早速、魔獣のおでましか……まだ、こちらに気づいていないな。念のため双剣を構えて、気配を消して見つからないように進もう。

熊のような形をした魔獣は赤い鬣《たてがみ》を生やしている。何かに夢中になっているようだ。よく見ると、前足で小さな虎柄の白猫を押さえつけている。

かわいそうに……スキルを使えない僕では魔獣には歯が立たない。いや、背後から不意打ちで魔獣の弱いところを狙えば……

「弱点があれば……どこだろう……あの魔獣の弱点」

キイイイイン。

握っている二本の剣が七色の光を纏《まと》い、浮かび上がる。

次の瞬間、剣は僕の手から離れ魔獣に向かって飛んでいく。その速さは目で追うのがやっとで、流れ星のような光の尾を伸ばす。

それは一瞬の出来事だった。二本の剣は熊のような魔獣の脇腹に刺さり、そのまま心臓を深々と貫いたかと思うと、魔獣を絶命させた。

「な！　なんだ！　僕は何をしたんだ……」

何が起こったのかはわからないが、白猫はまだ息があるかもしれない。

僕は白猫に駆け寄った。

「ひどい、傷だ……大丈夫？」

力なくぐったりしている白猫を、僕は抱きかかえる。

魔獣の爪で引き裂かれた傷からは血が流れている。虚ろな目をして気を失いかけている白猫を、僕は優しく撫でる。

「……タ……ビ」

「ん？　タビ？　変な鳴き声の猫だな」

「マタ……タビ……石《せき》」

「マタタビ？　コイツ、人語を喋っているのか？」

空耳ではない。今はっきりと〝マタタビ石〟って言ったぞ。

「マタタビってなんだ？　おい！　猫」

「人間よ……マタタビ石をよこすニャ」

やっぱり人語を話している。だけど、マタタビってなんなんだろう。聞いたこともない。

僕は、そっと白猫を地面に下ろし、とりあえず、魔獣の心臓に突き刺さった、まだ光っている二本の剣を抜く。

「マタタビ石かぁ。なんだろう。マタタビ石……マタタビ石」

キィイイインという音がして、剣は再び僕の手を離れ、森の草木に向かって飛んでいった。

「あ！　どこに行くんだよ！　僕の剣」

剣を追いかけ、飛んでいった方向に走っていく。僕のスキルは暴走しているのだろうか。さっき

も勝手に魔獣に向かって飛んでいったし。でも、すごい威力だったな。あの分厚い毛皮を貫いて、心臓を一突き、いや、二突きだったもんな。

「おーい！　僕の剣ー！　どこ行っちゃったんだよぉぉ」

一体どこまで飛んでいったのだろう。方向は間違っていないと思うのだけど、なかなか剣が見つからない。

更に十分ほど歩いただろうか。やっと、地面に深々と刺さった二本の剣を見つけた。

「あった！　って、どんだけ深く刺さってるんだよ」

剣を抜こうにも、こんなに深く刺さっていたら簡単には抜けない。

「ダメだ……僕の力じゃ抜けないや。あ……」

昔、料理長さんに教わったロープの結び方があったっけ。滑車の原理で重たい物も簡単に持ち上げられるってやつ。

僕は鞄からロープを出し、木の幹に回してから剣の鍔《つば》にくくりつける。すると、どんなに力を込めても抜けなかった剣がいとも簡単に抜けた。

「よし！　抜けたぞ」

ん？　なんだこれ？

掘り返された土と一緒に、緑色に輝く鉱石らしきものが地面に転がっている。

「綺麗だな。よし持って帰ろう。高く売れるかもしれないし」

剣と鉱石を回収した僕は、白猫のもとに戻る。あの傷だ。もしかしたらもう死んでいるかもしれないな……

そう思いながら来た道を戻った。

「おーい、白猫ー。まだ生きてるかー？」

近寄ると、地面に横たわる白猫は小刻みに震えている。よかった、まだ息があるみたいだ。

ほっとすると同時に、僕の背後の草木がガサガサと音を立てる。まさか、まだ魔獣がいるのか！

慌てて振り返ると、先程の魔獣の倍以上の大きさはあるだろう大熊のような魔獣が現れた。

僕は驚き、思わず尻もちをついてしまう。その反動で手に持っていた緑色に輝く鉱石は転がり、横たわる白猫の鼻先で止まる。

やばい、でかい……やられる！　蛇《へび》に睨まれた蛙《かえる》の気持ちがわかる。体が全く動かない。

「っ⁉　マタタビ石ニャ」

鉱石の臭いを嗅いだ白猫はいきなり元気な声を出すと、鉱石に齧《かじ》りついた。瞬間——

ゴゴゴゴゴゴゴゴゴゴ。

白猫の体から霧のようなものが吹き出し、辺りを包み込む。

濃霧に包まれて良く見えないが、白猫がいた方向には大きな影が見える。

「な、なんだよ！　次から次へと」

霧が晴れると、そこには熊の魔獣より遥かに大きい白い虎がいた。

このバカでかい白い虎はどこから現れたんだ？　熊の魔獣への恐怖が吹き飛ぶほどの存在感だ。

「グルルルル。久しぶりにこの姿に戻れたわ」

「え……え……」

「おい、人間。マタタビ石をもっとよこせ」

白い虎は僕に話しかけるが、答える間もなく、熊の魔獣がいきり立ち猛然と僕に襲いかかってくる。

「ま、待って、そんなことより魔獣が……」

「あ？　魔獣だと？」

白い虎はフンと鼻から息を吐き、面倒くさそうに魔獣に視線を向けると同時に、前足を振り抜く。

その前足が僕の頭上すれすれを通り抜けると、吹き飛ばされそうなほどの風圧が巻き起こった。

「ふん、小さな毛玉ごときが、我の話の腰を折るなぞ……実に不快だ」

魔獣を見ると、白い虎の爪により細切《こまぎ》れの肉塊《にくかい》になって、地面に散らばっている。

「さあ、小うるさい毛玉はいなくなったぞ。おい、人間。我にマタタビ石をもっとよこすのだ」

「マタタビ石って、さっきの緑の石のこと？」

「そうだ！　まだあるのだろう。早く我によこせ。さもなくば細切れにするぞ」

「いや、もう無いんだよ。ごめんな」

「なんだと！　嘘をつくとお前も肉塊に変えるぞ」

白い虎の言葉は、一言一言が僕の体内に重く深く響く。

「落ち着けって、本当に無いんだ」

「役立たずが。もういい。お前も死ね！」

虎が僕に向かって鋭い爪を振り下ろす。その迫力と覇気に、僕は体を動かすことができずにただ目を瞑ることしかできなかった。

ポフッ。

「へ？　ポフッ？」

頭に小さく柔らかい肉球の感触がある。

恐る恐る目を開けると、目の前には、もふもふとした虎柄の白猫がいる。

「ウニャァァ！　せっかく本来のニャレの姿を取り戻したはずニャのに、また猫の姿に」

「……あははは！　お前、ふわふわしていて可愛いな」

「おい、人間風情がニャレのことを可愛いだと!?　切り裂いてやるニャ」

小さくなった白い虎は両前足の爪で僕を引っ掻こうとするが、僕に首根っこを掴まれて爪は虚しくも空を切るだけ。

「ふぅ。もういい。ニャレは疲れたニャ」

「お前、一体、なんなんだ？」

「よくぞ聞いてくれた。聞いて驚くのニャ！　三千年前より、この地を守護している白虎様とはニャレのことニャ」

やっぱりか。あのでかい姿、ホワイトス家に飾ってある絵画の白虎そのものだったもんな。

「で、なんで猫になったんだ？」

「マタタビ石が枯渇《こかつ》したせいニャ。更に、この五百年めっきり『ダウジング』の使い手が現れなくてニャ……」

「お前、『ダウジング』のことを知っているのか！」

「ウニャ。さっき、お前が使ってたあれニャ。久しぶりに『ダウジング』の使い手に出会ったニャ」

ユニークスキルの『ダウジング』を知っているなんて。三千年生きているというのも、あながち嘘ではなさそうだ。

「すごいニャ。お前……六つ星じゃニャいか」

「え？　わかるの？」

「当たり前ニャ。ニャレは神に等しき存在ニャ」

「『ダウジング』のこと、教えてくれない？」

白虎はあぐらをかき、僕に目の前に座るように手招きをする。

「さて、色々教えてやるかニャ」

「お願いします。小白虎《こびゃっこ》先生！」

「誰が小白虎ニャ！　んん、まあいいニャ。まずはどこから話すかニャぁ」

――小白虎曰く、この大陸に四聖獣と呼ばれる四柱が存在しているのは事実らしい。

それら四聖獣を束ねる瑞獣《ずいじゅう》が人々の繁栄のために、神託を授けているとのこと。

四聖獣が力を保つには、マタタビ石のような聖石が必要で、瑞獣は定期的にそれを見つけ出すことができる『ダウジング』のスキルを神託で授けていたのだとか。

しかし、五百年前に四聖獣と瑞獣が敵対するようになった。

瑞獣は、四聖獣を弱体化させるために神託の際、人間に『ダウジング』のスキルを授けないようにした。

「……だから、ニャレは四聖獣の力を失い、こんな姿でしかいられなくなったのニャ」

「へぇ、じゃあ、なぜ僕は『ダウジング』を授かったのかな？」

「そんニャのは知らん。瑞獣の気まぐれか、はたまたボケて間違えたのか」

四聖獣や瑞獣のことはあとで詳しく聞くとして、それよりも今は、僕のスキル『ダウジング』の正体がわかったことが嬉しい。探し求める物の方向を示す、いわばコンパスみたいなものだろう。

「ちなみにニャ。お前、剣で『ダウジング』をするなんて効率が悪いんニャぞ」

「え？　そうなの？」

「あんな重い物を動かすなんて、六つ星だからできる芸当だニャ」

「剣じゃないなら、どんな得物《えもの》がいいのかな」

剣士部隊に入ることを目標として生きてきたから、剣以外にスキルを付与しようなんて今まで考えたことがなかった。

「それはニャ……追々おしえてやるニャ」

追々って、まさか、コイツ僕についてくる気なのか？

「さて、マタタビ石も探さないといけないしニャ。人間、そろそろ行こうニャ」

「やっぱり、ついてくる気かよ」

「当たり前ニャ。お前、名前を教えるニャ」

「僕は、ライカ。ライカ・ホワイトス」

「ホワイトス……ウニャ。なんか聞いたことある名前だニャ」

「え、小白虎は僕の家のことを知ってるの？」

「誰が小白虎ニャァア！」

こうして小白虎が僕に同行することになり、別荘を目指すが、まだまだ道のりは長い。


今日は野営をする。魔獣がいる森の中で寝るのは不安だが、スキルで倒せることがわかったのでなんとかなるだろう。

開けた場所で火を焚き、料理長さんが作ってくれたお弁当を広げた。

「おい、小白虎。たまごサンド食べる？」

「ふん、人間風情のエサをニャレが食うはずニャかろう。マタタビ石ニャ、マタタビ石をくれニャ」

「やだよ。もう暗いし、疲れたし」

「それニャらもう、オシッコして寝るニャ」

小白虎は木陰に行き用を足すと、後ろ足で器用に土をかける。

「お前、本当に白虎か？　オシッコの仕方、ただの猫にしか見えないぞ」

「うるさいニャ！　どうしてもやってしまう習性なのニャ」

「あはははは」

「笑うニャ！　ひき肉にしてしまうぞ」

◇
◆
◇

我はどうやって生まれたのだろうか。もしくは誰かが我を、創造したのだろうか。

気付いた時には、人間たちにこの西の地を守護する白虎と崇められていた。

魔獣が巣食うこの地は、歩けば魔獣が襲って来おったな。懐かしい。

爪を振り下ろせば裂け、尻尾を振れば彼方まで吹き飛んでいくような、弱くて邪魔な魔獣どもを蹴散らす毎日であった。

昔はそこら中にあった、我の好物であるマタタビ石。

高純度のアレは美味であったな。

我はアレさえ食えれば、他には何もいらなかった。

散歩がてら北の地にまで足を伸ばしてみたことがある。そこで出会ったのが、玄武《げんぶ》という、あの化け亀だ。

でかい魔獣だと思って引っ掻いてやった時の、あやつの硬さには驚いた。

同時に、同じ聖獣であることを理解した。

あやつの好物はなんだったかな。

友と呼べる存在を知ったのはその時だった。

あれはいい時代だった。

溢れるマタタビ石に囲まれて、我が物顔でこの地を闊歩《かっぽ》して。

だが、それもこれもあの瑞獣のせいで……

◇◆◇

「……きろって」

「んニャ？　ライカか」

「小白虎！　いい加減起きろって！」

朝になって白虎を起こそうと隣を見ると……コイツは本当に四聖獣か。ヨダレを垂らしながら魘《うな》されている聖獣なんて……

「フニャァァァ。よく寝たのニャ」

「そろそろ、出発するぞ！　小白虎」

「誰が小白虎ニャ！　元の姿に戻ったら切り裂いてやるニャぞ！」

「へー。それならマタタビ石探してやるわけにはいかないな」

「待てニャ！　それは困るのニャ」

焚き火の後始末をし、僕らは別荘に向けて出発する。

野営の寝心地は最悪だった。地面に体温を奪われて、寒さで夜中に何度も起きた。

公爵令息として贅沢《ぜいたく》な暮らしをしてきたからな。

これからはこの生活に慣れていかないと。

「ニャぁ、マタタビ石を探してくれニャ」

少し歩くと小白虎が駄々をこね始めた。

「だめ！　今日は、なんとしてもこの森を越えるんだから」

「ニャレがマタタビ石を食らえば、白虎になってこんな森ひとっ走りで抜けられるのにニャ」

「え、本当!?　僕は背中に乗っていいんだよね？」

「人間風情がニャレの背中に跨《また》がるだニャんて許されるわけないニャろ！　だがまぁ、マタタビ石のためなら、やぶさかではないがニャ」

白虎に跨り、森の中を疾走するのを想像する。うん、乗ってみたい！

「よし！　背中に乗せる約束だからね！」

僕は双剣を持ち、先日マタタビ石を探した時のことをイメージしながら、スキルを発動する。

「『ダウジング』　〝マタタビ石〟」

双剣が光り出すが、この前と違って飛んでいかない。

「……」

「どうニャ？　ライカ」

「うーん、だめだ。反応が無いみたい」

「ちっくしょうニャ！　この辺りもめっきりマタタビ石が減ってしまったニャァ」

「しょうがない。僕も白虎の背中に乗りたかったけど……諦めて歩こう」

小白虎が言うには、今の僕たちの足だと、この森を抜けるまであと一日程度かかるらしい。

「あぁ、お腹へったな。料理長さんの料理が恋しいよ」

一日中歩き通して、日もかなり傾いてきた。

「ニャレもマタタビ石が恋しいニャ」

「昨日食べたばかりじゃないか」

「あんな純度の低いものじゃニャくて、高純度のマタタビ石がいいニャ。もう二百年ほど齧っておらんのニャ」

「……あぁ、食料どうしよう。狩りの技術もないしなぁ。木の実も無さそうだし」

「阿呆だニャァ。なんのための『ダウジング』だと思っておるニャ」

あ、そうか。小白虎の餌を探せるなら、僕の食料だって探せるはずじゃないか。

僕は剣を抜き、スキルを発動する。

「『ダウジング』〝野ウサギ〟」

キィィィィン。

勢いよく飛んでいく剣を追いかけていくと、野ウサギがしっかりと仕留められていた。

このスキルめちゃくちゃ便利じゃないか。

「『ダウジング』〝果実〟」「『ダウジング』〝きのこ〟」と、僕が次々とスキルを発動させると、おもしろいほどに食材が集まる。

「『ダウジング』ってこんなに使えるんだね」

「六つ星だからニャ。昔『ダウジング』を使っていた人間は、もっと狭い範囲だったニャ」

「過去にも六つ星のスキルを授かった人っているの？」

「うーん。またそのうち機会があったら話してやるニャ」

このあとは、ただ焼いただけの食材と果実を食べて、早々に僕たちは眠りについた。

◇◆◇

「二千年もの間、共存関係を築いて来た私と袂《たもと》を分かつというのが、貴様らの総意……か」

「ああ、我ら四聖獣に貴様一人で、勝てると思っておるのか？」

「所詮、元は動物か。浅はか極まりない。それでは私は、貴様らの必要なものを奪ってやろうぞ。飢えに苦しむがよい。永く苦しい持久戦といこうではないか」

◇◆◇

「ニャろめーーーー！　切り刻んでやるニャ」

ゴンッ。

僕は夜中に叫ぶ小白虎に起こされたことに腹が立ち、ゲンコツを食らわせる。

「うるさい小白虎！　どんな寝言だよ」

「フニャ……痛てて。おい、ライカ。人間の分際でニャレを殴るとはどういう了見ニャ」

「まだ夜中だぞ。いい加減にしてくれよ」

「ウニャ、すまニャい。ちょっと嫌な夢を見てニャ……」

本当に変な猫だ。神に等しき存在だって？　寝言を言うただの猫じゃないか。

そりゃあ白虎の時は心強い味方だけど、マタタビ石が無い時は、ただのうるさい猫だ。今後が心配になってしまう。

「ふわぁ、もう一眠りしよう。もう、寝言は勘弁してくれよな」

「ウニャ……」


森の朝は心地が良い。木漏れ日を浴びて光る朝露や鳥の囀りが、爽やかな気持ちにさせてくれる。

僕は昨日収穫した果実を齧りながら、出発の準備を整えた。

「さあ出発しよう！　小白虎」

「ウニャ。途中、マタタビ石を探しながら行くニャ」

「はいはい。わかったよ」

僕たちは森を抜け、ホワイトス家の別荘を目指して歩き始める。

途中、何度か『ダウジング』したが、マタタビ石は見つからなかった。

そんなこんなで森を抜けると、開けた土地に出た。

小川に沿って歩いていくと、やっと別荘が見えてくる。

これが目指していた別荘だろう。

「なんだか……廃墟みたいニャ……」

第三章　ライカの別荘暮らし

「う、うん。僕ら今日からここで暮らすのか……」

「絶対に嫌ニャぁぁぁぁ」

一体、何年間放置すれば、こんなに朽ち果てるのか。屋根は所々穴が空き、扉も一部欠けている。

ボロボロの別荘を目の当たりにして、僕と小白虎は開いた口が塞がらない。

「ニャぁ、ライカよ……」

「言うな、小白虎。言いたいことはわかる」

取り敢えず、修繕《しゅうぜん》と掃除《そうじ》が必要だ。少なくともこの別荘をなんとか寝泊まりくらいはできるようにしなければならない。

僕は草がボーボーに生えた庭を抜け、別荘の扉を開ける。

「こりゃ、相当ひどいなぁ。片付けをしなければ寝ることもできなそうだ」

「そうだニャ。埃《ほこり》もひどいしニャ」

僕は早速片付けに取り掛かる。

明らかに使わないであろうガラクタやゴミを運ぶ僕を、小白虎は日の当たる窓辺に寝転がりながら眺める。

「おい、手伝ってくれよ。猫の手も借りたいくらいなんだから」

「実際の猫の手なんて、借りてもニャんにもニャらんぞ。この体じゃ物も運べニャい」

「たしかになぁ。でも、なんかサボっているやつがいるのは目障《めざわ》りだよ」

「貴様、四聖獣であるニャレのことを目障りとは……不敬だニャ」

猫の手は役には立たないけど、それを言うなら、子供の僕だって大した労働力にはならない。でもここには猫と子供しかいないのだから仕方ない。

結局日が暮れるまで作業をしても、寝る場所を確保するのがやっとだった。

「これじゃ野営と大して変わらないね……崩れた天井から星が見えるよ」

「この分ニャと、しばらく掃除の日々が続きそうだニャぁ」


僕は次の日も掃除に明け暮れる。

小白虎はというと、僕が掃除している姿を見るのに飽きたらしく、別荘の周りを散歩してくるそうだ。今頃、蝶々とでもじゃれているんだろうさ。

書斎《しょさい》らしき部屋へ移動すると、小さな宝石箱を見つけた。こういうものを見つけると心が躍る。

そっと開けてみると、緑色の石が宝石箱の中で輝いた。

「これ……森で見たものより色が濃いけど、多分マタタビ石だよな」

僕は、机においてある羽ペンを二本、手に取り、スキルを発動する。

「『ダウジング』〝マタタビ石〟」

キィィィイン。

羽ペンは、宝石箱の中で輝く石の方向を向く。

「やっぱりマタタビ石だ。というか、羽ペンでもできるんだな……」

スキルについての新たな発見だ。フライパンにスキルを付与した料理長さんの話を思い出す。

「ライカよ、片付けは進んでいるかニャ？」

「全然進まないよ。それより小白虎、これを見てみろよ」

僕は小白虎にマタタビ石を見せびらかす。

「ウニャニャニャ！　マタタビ石じゃニャいか！　でかしたぞ。早くニャレによこせ」

「別にいいけどさ。これ食べて白虎の姿に戻ったら、片付け手伝ってくれる？」

「ウニャ！　手伝うぞ！　手伝うから、早くよこせニャ」

「よし！　約束だぞ」

マタタビ石を小白虎に渡すと、小白虎はそれを器用に転がしながら家の外に持っていく。

「なんですぐに食べないの？」

「阿呆め。家の中で齧ったら、ニャレの体の大きさで、この家が壊れてしまうニャ」

「あ、そうか」

庭に出た小白虎は、嬉しそうにマタタビ石に齧りつく。

霧が小白虎の体を包むと、みるみる巨大化していき、白虎の姿を取り戻した。見上げるほどの大きさは相変わらずの迫力だ。

「ガルルルル……美味い！　美味いぞ！　至福の時間じゃ」

白虎は地面に寝転び、満足そうな顔をしている。

「さて、約束通り片付けを手伝ってもらうからな」

「わかっておる。我にまかせておけ」

そう言って白虎は立ち上がると、自分の毛を毟《むし》り、辺りにばら撒いた。

その毛は、徐々に人型へと変化していく。

「な、何？　こいつら」

「ガハハハ。我の眷属《けんぞく》じゃ。昔はこうやって、よく人間どもの手伝いをしてやったもんじゃ。懐かしい」

白虎が言うには、この国が建国されるよりはるか昔、この地の人間は白虎を崇拝していた。白虎はマタタビ石をもらった礼に、眷属を遣わし、建築や農業の手伝いをしていたのだとか。

「七、八、九……十体か。まあ、この純度のマタタビ石なら、こんなものか。それじゃあお前ら、頼んだぞ」

眷属たちは黙って頷《うなず》く。人語を理解はできるが、話すことはできないとのことだ。

眷属たちは白虎の言葉で、別荘の掃除や修繕を始める。

その働くスピードと丁寧さに僕は感動して、白虎に話しかける。

「すごいよ！　白……」

振り向くと、そこにはいつもの小白虎がちょこんと座っていた。

「さて、労働はこやつらに任せて、ニャレたちはマタタビ石探しに出かけるニャ」

「……うん。食材も無いことだし、そうしよう！」

森の中は、広葉樹が葉を広げ太陽の光を遮《さえぎ》っているため昼間でも暗い。

「ねえ、あの眷属たちは、いつまで働いてくれるの？」

「あいつらの中に流れるニャレの魔素……エネルギーみたいなものが切れるまでだから、長くて二日ってところかニャ」

「へぇ。意外と、短いんだね」

「ニャに。二〜三日森でマタタビ石を探して、帰る頃には仕事は終わってるはずニャ」

この森はとにかく広大だ。しかも、どこを見渡しても木、木、木。同じ景色ばかりで、普通なら迷ってしまうだろう。

しかし、この森に三千年も居る小白虎、更には僕の『ダウジング』もあるから、心配は要らない。

僕たちは野営をしながら二日間森を散策し、獣や小動物を狩り、果実やきのこを集めた。

「ライカ、マタタビ石が欲しいニャ」

「わかったよ。『ダウジング』〝マタタビ石〟」

キィィィイン。

「あ、反応してる……」

「ウニャ！　どこニャ！　早く剣を飛ばすのニャ」

「うん」

僕たちは、マタタビ石に向かって飛んでいく剣を追いかけて走る。

「はぁはぁ、随分遠くなんだな。剣が全然止まらないよ。もう三十分以上走っている」

「ウニャ、ライカの『ダウジング』の射程範囲は一体どうなってるニャ」

途中、剣を見失いそうにもなったが、なんとか追いついてマタタビ石を発見できた。

「さぁ、早くニャレに齧らせるのニャ」

「いざという時に、取っておいた方が良くないか？」

「ニャぁに、また探せばよかろう」

「いや、やっぱだめ！　おあずけ」

随分森の奥まできてしまった。帰り道に魔獣に遭遇するかもしれないし、その時のために温存しておくべきだろう。

「魔獣の心配をしておるのニャろ？　白虎に戻ったニャレなら、別荘までひとっ走りニャぞ」

「背中に乗せてくれるの？」

「人間風情を背に乗せるのは嫌ニャが、背に腹は代えられニャい」

「よし！　お食べ！」

「愛玩《あいがん》動物に餌を与えるような言い方をするニャ！」

小白虎は文句を言いながらも、マタタビ石に夢中で齧りついた。

白虎の背に乗り森の中を駆ける。その速さは凄まじく、次々と景色が流れていく。

結局二十分程度で、二日間かけて進んだ森の奥地から別荘へ戻ることができた。

「は、速いね……さすが聖獣」

「ガハハ、当たり前であろう。我は白虎様だからな」

別荘に戻ると、目を疑う光景が広がっていた。ボロボロだった壁や屋根が作り変えられ、伸びた庭の雑草は綺麗に刈られている。

「え！　すごい。おんぼろの別荘が、立派な屋敷になっているじゃないか！」

「うむ。良い仕事じゃ。我が眷属たちは……さすがにもう消滅したか」

十体いた眷属の姿は見えない。

白虎が小白虎の姿に戻ったので、僕たちは屋敷の中へと入る。

見違えるような豪華な内装に生まれ変わった屋敷の中に、人影を確認する。

女の人型の眷属がメイドの格好をして立っていたのだ。

「おかえりなさいませ、白虎様、ライカ様」

「「しゃ、喋ったー!!」」

「お前……今、喋ったよニャ」

「ハイ、白虎様」

小白虎はかなり狼狽《ろうばい》している。それは僕も同じだ。

二日前は猫の獣人のような姿で、表情も無く、黙々と働くだけだった眷属。それが今眼の前に居るのは、名残りはあるがほとんど人間そのものだ。

「ライカ、お前の耳にも聞こえたよニャ。コイツたしかに喋ったよニャ」

「う、うん」

「他の眷属たちは、どうしたのニャ？」

小白虎がメイドの格好をした眷属に問いかける。

「皆、消滅しましたが、なぜか私だけ消滅しなかったのデス」

僕たちはこの眷属に、二日間のことを聞いた。

僕たちが森に旅立ったあと、眷属たちは膨大な量の仕事をこなしていった。そして、一通り作業を終えると、一体、また一体と崩れ去っていったそうだ。

「ワタシも意識を失い、そのまま消滅するのだと感じていまシタ」

「ウニャ。それからどうなったのニャ」

「デモ、次に目覚めると、人間らしい体となっていたのデス」

眷属の話を聞き終え、小白虎はしばらく黙っている。

それから怪訝《けげん》そうな顔で首を傾げ、再び眷属に問いかけた。

「お前、本当にニャレの眷属ニャのか？」

「ハイ。正真正銘《しょうしんしょうめい》、白虎様とライカ様の眷属デス」

「白虎と僕？　僕の眷属でもあるの？」

僕の眷属だって？　一体、どういうことなのだろうか。僕は予想外の回答に咄嗟《とっさ》に聞き返してしまう。

「ワタシの体には、白虎様の魔素とライカ様のマナが今もしっかりと流れておりマス」

白虎の毛から生まれたのだから、白虎の魔素が流れているのはわかるけど、なんで僕のマナが……頭が混乱する。マナというのは、僕ら人間がスキルを使う時に必要なものだから、『ダウジング』と何か関係があるのかな？

「たしかに、最初からライカの名前を知っておったしニャ」

小白虎が不思議そうに言う。

「うん……それは不思議だね。なぁ、小白虎、今までにこういうことはあったの？」

「ウウニャ。三千年生きてきたが、こんなことは初めてニャ」

更に、訝《いぶか》しげな表情の小白虎は、頭を抱える。

「うーむ。そんなことがあるのかニャあ……んニャ。まさかニャ……」

これ以上考えても答えは出なさそうなので、ひとまず、僕は森で獲ってきた肉と果実をキッチンへと運ぶ。

今日は朝から何も食べていなくて、もう空腹の限界だ。

「あぁ、ちゃんとした料理が食べたいなぁ」

「まったく人間というものは、味にこだわりが強いニャぁ」

「多分、小白虎も料理長さんの料理を食べたら美味いって言うはずさ」

「マタタビ石以外、何を食っても一緒ニャ」

僕は焼いただけの肉に岩塩をかけ、適当に切っただけの果物を食べる。

これから、毎日こういう食生活が続くのは嫌だな。というのも、聞いたところメイドさんも僕と同様、料理ができないらしい。

考えてみれば、マタタビ石しか食べない白虎の眷属だ。料理ができないのも納得だ。

「広い庭があるし、畑でもあれば色んな味が楽しめるんだけど……僕には畑の知識なんてないし」

「ああ、畑か。ニャレの眷属は農業もできるんニャぞ」

昔、人間の農業も助けたと言っていたな。やはり白虎は、曲がりなりにもこの地をしっかり守護していたんだろうな。今の姿からは、まったく想像できないけど。

「よし、マタタビ石をこれからも探してくれるライカのためニャ。畑を作ってやろう」

「ありがとう、小白虎」

いいぞ。これで、いろんな野菜も食べられる。勘当されて一時は絶望しかけたけど、これなら充実したスローライフが送れそうだ。香辛料や薬味になる野菜も育てられたら最高だな。

「メイドさん、もしかして、養鶏《ようけい》とかもできるの？」

「ハイ！　できマスよ。あれは大して手がかかりまセン」

「すごい！　それじゃあ、畑と一緒にそっちもお願いするよ。これで卵も、鶏肉も楽しめる！」

このメイドさん、料理以外は万能じゃないか。なんとか料理も覚えてくれたら良いんだけどな。

あとは、何があったら良いだろう？

「もしかして……酪農なんかも、できたりする？」

「小規模なものならばワタシ一人でできマスが、大規模なものならもう何人か眷属が欲しいデス」

なるほどな。この人数なら小規模だって構わない。

乳製品もいけるのかぁ。ミルクにチーズにバターに……夢が広がるなぁ。屈辱と侮辱ばかりだった実家の苦しみから解放されて、こうして未来に希望を持てるなんて夢みたいだ。

「小白虎様ぁ！　もうちょっと眷属を増やしてくれませんかぁ」

「なんニャ！　急に下手《したて》にでやがって。まぁ、マタタビ石の献上の量次第だニャ」

チョロい。よし。マタタビ石集めに精を出して、僕の屋敷をもっと豊かに、快適にするぞ。

「あ、そういえばメイドさん、名前とかないの？」

「眷属に名前なんぞいらニャいだろ。どうせすぐ消滅するんニャ」

「この人は消滅しなかったし、名前がないならつけてあげてもいいんじゃないか？　お前だって小白虎という名前があるし」

「白虎様ニャ！　というか、いつの間にか小白虎が定着してるじゃニャいか！　改めろニャ」

なんか人間みたいだし、これから一緒に住むとなると、やっぱり名前はあったほうがいいよな。

「んー。猫のメイドだからなぁ。ニャーメイドってどうだろう？」

「無視するなニャ。お前、絶望的なネーミングセンスだニャ……」

「うん！　決まり、今日から君はニャーメイドさんだ」

「お名前を頂き、うれしいデス……ニャーメイド♪」

「ニャにっ？　気に入ったニャかぁぁぁ！」

◇◆◇

ホワイトス公爵家では、西方の貴族たちが集まり会議をしている。

議題は、昨今増えた魔獣が領民を襲う事件が頻発していることについてである。

「これ以上、魔獣に兵力を取られては、周辺諸国に攻められても手が回らないのです。これは、ホワイトス公爵家以外の貴族の総意でございますぞ」

貴族たちは切羽詰まった表情で、ロイド・ホワイトス公爵を責め立てる。

しかし、当のホワイトス公爵はそれを嘲笑うかのように発言した。

「それならば、兵力を増やせばよいではないか。実に簡単なことだぞ」

「そうは言っても、三つ星スキルを授かった者を、全てホワイトス公爵家が金に物を言わせて雇ってしまうではないですか」

三つ星の神託を授かった者の実力は、王都剣士部隊の部隊長クラスだ。

そのため雇うにも高い給金が必要で、ホワイトス家が出す条件に他の貴族たちは太刀打ちができない。そのせいで他の領は人材不足に陥ってしまうのだった。

くわえて、ホワイトス公爵家の跡取りは四つ星のレアスキル持ちだ。おそらく現在この国一番の軍事力を持っているだろう。

「とにかくだ。三つ星スキル持ちの独占はやめていただきたい」

「それは志願してくる者たち言ってくれなければな。こちらとしては何もできない」

会議は平行線のまま終わる。

◇◆◇

貴族たちがホワイトス公爵の屋敷で会議をしているころ。

フィンは三つ星スキル持ちの兵士たち四名を連れて、屋敷の近隣の森へ魔獣の討伐に向かっていた。

鬱蒼《うっそう》とした木々の中、フィンたちを囲む魔獣たちは三十頭あまり。

この数の魔獣が群れをなすことは、とても珍しい。

通常の剣士では、この数の魔獣に囲まれたら最後。助かることはまず無いだろう。

しかし、三つ星スキル持ちの兵士四人と、四つ星レアスキル持ちのフィンの前には、大した敵ではなかった。

フィンたちが放つ様々な属性のスキルは、全ての魔獣を次々に駆逐《くちく》していく。一行は、討伐の証拠として魔獣の尻尾を切り取って革袋に詰めていった。

屋敷に帰還したフィンたちを出迎えるホワイトス公爵は、革袋にいっぱいに詰め込まれた魔獣の尻尾を見て満足そうに笑みを浮かべる。

「はっはっは。ご苦労であった。お前たちの活躍は、この国全土に広がるであろうな。褒美は改めて取らすゆえ、今はゆっくり休むといい」

四つ星レアスキルを使いこなすまでに成長したフィンは、魔獣討伐で多くの功績を挙げていた。

四名の兵士が帰り、夕食時、フィンの武勇伝を聞きながら盛り上がる食卓。

「さすがは我がホワイトス公爵家の次期当主だ。お前は兄と違って優秀であるな」

「いえ、父上のご指導の賜物《たまもの》でございます」

「なんだ、口まで上手くなりおったな。はっはっは」

家族が長いテーブルにいつもの席順で座っているが、かつてライカが座っていた席には花が飾ってあった。

「まったく、近隣の貴族たちが女々しいことを言いおってな。困ったものだ」

「それはしょうがないことですよ、父上。当主が二つ星程度の弱小貴族でございますから」

フィンの嫌味な口ぶりは、ロイド・ホワイトスに随分と似てきている。

それを満面の笑みで見つめる母親。

「フィン、あなたは、若い頃のお父上に良く似ているわね。我が子ながら惚れ惚れしてしまうわ」

「たしかに、フィンは私に似ておるな。それに引きかえ、ライカは全然似ていなかったな。まさか、不貞を働いたわけではあるまいな」

「まぁ、アナタったら。いつもそんな御冗談を仰って」

「はっはっは」

「「……」」

使用人たちは、毎日のようにこの光景を見せられ続けて、辟易《へきえき》としていた。

「それにしても、ライカめ。六つ星のユニークスキルだと喜んだ私が愚かであったわ」

「父上は、兄上にとんだ恥をかかされましたものね」

「ああ、蓋を開けてみれば宴会芸ではないか。見かけ倒しにも程がある」

不満そうな顔でライカの話をするロイド。

「でも、兄上も僕の活躍を喜んでくれていると思います。あの世から。ねえ、兄上」

フィンがライカの席に飾られた花に話しかけると、家族一同が爆笑する。

バンッ‼

「いい加減になさいませ！　旦那様たち」

怒りに震える料理長が、テーブルに料理を叩きつける。

「ライカ坊っちゃんが、どれだけ家族のことを想っていらっしゃったかご存知ないのですか！」

料理長は、拳を握りしめ震えている。怒りが沸点に達したのだろうか、更に言葉を紡ぐ。

「ライカ坊っちゃんが……どれだけ、あなた達に認めてもらおうと努力なさっていたかご存知ないのですか！」

料理長の目には、涙が浮かんでいる。

「あの、心優しい坊っちゃんを一方的に追放して、まるで死人のような扱いをし、更には嘲笑するなんて……恥を知りなさい！」

その場にいる皆が唖然とし、しばらくの沈黙が部屋を包む。

その沈黙はロイドが破った。

「なんだ貴様！　使用人風情が私に意見するなど、なんたる不敬」

料理長といえど、使用人。身分の差がある者に意見されるのを、ホワイトス公爵のプライドは許さなかった。

「もう我慢できません。見損ないました」

料理長はロイドに言われても止まらない。

「そうか。ならば即刻、解雇してやろう。周りの貴族たちにも連絡して、この領のみならず、西の地で働けぬようにしてやるわ」

「構いません。こんなところ、こちらから願い下げです」

腰に巻いたサロンエプロンをぐしゃぐしゃに丸め、床に叩きつけた料理長は、すぐに荷物をまとめ、屋敷を出て行った。

◇◆◇

「ソレでは、農業講座を始めマス」

「はい！　ニャーメイド先生、おねがいします」

今、僕はニャーメイドさんから、農業について講義を受けている。

農業といっても、屋敷の敷地内でできる範囲のもので、家庭菜園に近い。

「土に関して大切なのは〝保水性《ほすいせい》〟〝水はけ〟〝通気性《つうきせい》〟デス。なので、鍬《くわ》で土を掘り返すことが必要デス。コレが耕すということです」

ニャーメイドさん曰く、この屋敷がある敷地の土は石灰を含む土壌で、畑に適しているとのこと。

その後も「畝《うね》は東西方向に作っていく」とか「作物の種類に合わせて畝の高さは何センチ」だとかいう講義は続いた。

「マズはこんなところでショウカ」

「ニャーメイド先生……頭が破裂しそうです」

講義を進めていくと畑作りをするには色々と足りないものがあったため、僕たちはそれらを買いに行くことにした。

地図で調べたところ、屋敷から南下したところにペイアンという小さな街がある。

明日、この街に行って必要なものを買うとしよう。


翌日、ペイアンの街に着いてお店に行くと、農業に使う道具がたくさん売っている。どうやら、ここは農業が活発な街らしい。

「ウニャ。久しぶりに人間どもの暮らしぶりを見たが、しっかり栄えておるニャ」

小白虎は街を見渡して感心しているようだ。

「わぁ、色んな店があるな」

店を覗いてみれば、野菜の種や球根なども売っている。

「コレから種を蒔くと収穫は冬になりマスので、根菜と葉物野菜がよろしいかとおもいマス」

「じゃあ、ニャーメイドさんは種を選んで！」

「ハイ。お任せくだサイ」

心強い。僕はニャーメイドさんが選んだいくつかの野菜の種の会計をする。

この街は養鶏や酪農も盛んなのか、卵や乳を使用した焼き菓子が売っている。

僕は、久しぶりの焼き菓子の匂いに吸い寄せられるように、お菓子を買い漁《あさ》る。

「ライカ、お前がさっきから店の人間に渡している、それはニャんだ？」

「これ？　ああ、お金だよ」

「ニャんだ？　お金とは……物々交換ではないのか？」

小白虎が知っている時代の人間は物々交換を行っていたのか、通貨という物を知らないようだ。

僕は簡単にお金について教えた。

「ウニャ。では、金さえあればなんでも手に入るということニャな。それは便利ニャ」

「まぁ、だいたいそれであっているよ」

小白虎は目を輝かせている。

「おい、ニャレのための、ふかふかな寝床を買いに行こう！　固い寝床は嫌なのニャ」

早くもお金というものを理解した小白虎がおねだりしてくる。

「たしかにそうだな。冬に備えて布団も買っておこうか」

生活雑貨を探す途中、僕は先程買った焼き菓子を頬張る。

その瞬間だった。大勢の人がこちらへ向かって逃げてくる。

「何があったのですか？」

僕はその中の一人に尋ねた。

「ま、魔獣だ！　街に魔獣が入ってきたんだ。君たちも逃げなさい」

森の奥にいるはずの魔獣が街まで侵入してくるなんて……

「よし、魔獣を倒そう！」

僕の言葉に小白虎とニャーメイドさんが頷く。

「待て！　君たち。そっちには魔獣が」

街の人の制止を払い除け、僕たちは魔獣のいる方へ走って向かう。


駆けつけると、小規模な羊牧場に何体かの狼型の魔獣が入り込んでいる。

羊に襲いかかり喰い荒らす魔獣は、森にいる個体より荒ぶっているように見える。

僕とニャーメイドさんは戦闘態勢を取る。

「『ダウジング』〝魔獣の心臓〟！」

僕の双剣は魔獣の心臓を貫く。刺さった剣の回収のために魔獣に駆け寄る僕に向かって、二体の魔獣が飛びかかってきた。

まずい！　間に合わない……

次の瞬間、僕の目に映ったのは、二体の魔獣の喉元に両手を突き刺しているニャーメイドさんの姿だった。

「ニャーメイドさん、強ーーーーっ！」

そのまま残りの魔獣たちを殲滅して、騒然としていた街に落ち着きが戻った。

幸い怪我人はおらず、被害は数匹の羊だけで済んだ。


「坊やにメイドさん。本当にありがとう。君たちの強さには驚いたよ」

牧場主さんの家に招かれ、僕たちはお茶をご馳走になっている。

僕のことや、この街に来た経緯を牧場主さんに説明した。

「……ということは、もしや貴方が、この国始まって以来の六つ星の公爵令息……」

「はは。ええ、まぁ。まさかご存知とは」

「史上初の六つ星スキルの発現に国中が大騒ぎでしたからね。噂はこの街へも届いております」

牧場主さんはお礼に羊二匹、鶏二羽を渡してくれて、帰りの馬車まで用意してくれた。

更には最高級の寝具までもらって、まさに至れり尽くせりだった。

「また、近くに来た際は気軽にお寄りください」

牧場主さんに見送られ、僕たちは屋敷へと帰った。

その日、小白虎はふかふかな布団で気持ちよさそうに眠りについていた。

次の日、僕とニャーメイドさんは、早速畑を耕し始めた。

鍬を振るのは、剣を振るのとはまったく違う。

普段使わない筋肉が悲鳴を上げている。そこで良いことを思いついた。

「『ダウジング』〝土〟」

鍬が光り、力を込めなくても勝手に土に突き刺さる。それを引き抜くとしっかりと耕せている。

「これは、便利だ！　僕は農業の才能があったのかも」

ザクザクと順調に土を耕していき、当初計画していた以上の広さの畑が出来上がった。

よし、あとは種蒔きをして、収穫を待つだけだ。

「ああ、大根、カブ、ブロッコリー、レタス……早く食べたいよぉぉ」

「ライカ様、収穫したら、ワタシが美味しく料理して差し上げマス」

「え……料理できないんじゃなかったっけ？」

「ペイアンの街の食堂で厨房を覗き、見て覚えまシタ」

「ニャーメイドさんはすごいね！　楽しみだよ」

◇◆◇

真昼の森の中、一人の男が焚き火で調理をしている。

じっくりと火を入れ、柔らかく香ばしくなった大根ステーキからは湯気がゆらゆらと立ち上っている。

レタスと薄切りのカブのサラダには、柑橘の香りがする自家製のドレッシングが絡みつく。

とろけるほどじっくりと煮込んだ鶏肉のシチューは、鶏の透き通る脂がキラキラと浮かんでいる。

男は森の中で野営だというのに、コース料理さながらのご馳走を作っている。

その様子を、気配を殺した魔獣たちが茂みの中から見つめている。

料理に集中しているからか、はたまた鈍感なだけなのか。男はこれから自分に降りかかる危機に気づいていない。

◇◆◇

屋敷の庭では鶏が心地よさそうに、卵を温めている。

庭の柵の中では、二匹の羊がのんびりと草を食べている。

良い天気の中。僕の暮らす屋敷は今日も平和だ。

「本当に、ニャーメイドさんは有能だよ」

「アリがとうございマス、ライカ様。コノ程度、朝飯前デス」

最近、改めて驚いたのは、ニャーメイドさんの大工技術。

ニャーメイドさんは、鶏の小屋をあっという間に作ってしまった。

続いて、敷地の柵を利用した牧場作り。二日でこの屋敷を見事に修繕したのは、この技術あってのものか。

野菜は早くも芽を出し、畑が薄らと緑色に染まりかけている。

鶏の卵もどんどん孵化《ふか》して増えていけばいいな。

「あぁ、楽しみで仕方ないなぁ。毎日が楽しいよ。そうだろ？　小白虎」

「ウニャ。ニャレもふかふかの寝床が最高すぎて、起きたばかりなのに、もう寝るのが楽しみニャ」

今日の昼ご飯は、ニャーメイドさんが頑張って作ってくれている。

ペイアンの街に行った際、食堂で見かけたシチューを、見様見真似で作ってみるのだそうだ。

「ねぇ、小白虎。魔獣がさ、街まで来ることってあるの？」

「基本ニャいな。あいつらは森の生き物ニャ。森から離れては生きていけニャい」

「じゃあ、なんで街に……」

「増えすぎたんじゃないかニャ」

小白虎がまだ白虎の姿をしていた頃、魔獣は白虎の餌であった。

そのため、魔獣の数は一定数を保っていたらしい。

五百年ほど前から『ダウジング』のスキルを発現する者がいなくなった影響で、マタタビ石を食べられなくなった白虎が姿を維持できなくなると、徐々に生態系が壊れ始めたそうだ。

「じゃあ、小白虎のせいってことか」

「しょうがニャいニャろ！　地上に転がってるマタタビ石はまだしも、地中に埋まったものは探せんからニャ」

小白虎をからかって遊んでいると、ニャーメイドさんがシチューをテーブルに置く。

「わぁ、美味しそう。遂に……遂にまともな料理が食べられる」

「ドウゾお召し上がりくだサイ」

「いただきまーす」

素材の切り方も申し分ない。山菜や自生していた根菜がゴロっとたっぷり入ったシチューは、まさに街で見かけたシチューそのものだった。

スプーンで肉をすくい上げ、一口、頬張る。

「不味ーーーーーーーーーっ」

完璧なのは見た目だけだった。ニャーメイドさんに料理の技術を求めるのは諦めよう。

そう決心した昼下がりであった。


「ライカの腹ごしらえも終わったたし、次はニャレのマタタビ石探しに行くニャ」

小白虎が僕の裾にぶら下がりながら言う。

「苦痛の腹ごしらえだったけどね。肉や果実も欲しいところだし、行こうか」

「お気をつけて、行ってらっしゃいマセ。白虎様、ライカ様」

「ニャーメイドさんも行こうよ。ニャーメイドさんは魔獣と戦えるから心強いし」

僕はペイアンでのニャーメイドさんの戦いぶりを思い返し、同行をお願いする。

「かしこまりました。たしかに本来の姿でない白虎様は、無能デスから」

「ニャ！　眷属の分際で……嫌味な言葉まで覚えたか」

森に入ってしばらくすると、魔獣の首を両手に持ったニャーメイドさんがこちらに歩いてくる。

「殲滅完了デス」

「ニャ、ニャーメイドさん、怖いって……」

「スミマセン。無表情で……」

ニャーメイドさんは無理矢理に笑顔を作る。

「いやいや！　笑顔で両手に魔獣の首って、余計怖いから！」

「おい、お前はニャレの普通の眷属より強いニャぁ。なぜニャ」

小白虎がニャーメイドさんに聞く。

「ウーン。白虎様の魔素だけでなく、ライカ様のマナも流れているからでショウか」

「ウニャァ、そうニャのか。そもそも、ニャレとライカの眷属っていうのが意味わからんニャ」

生み出した小白虎自身にも何もわからないのか。

「それにしてもさ、本当に魔獣が増えたよなぁ。さっきから魔獣だらけじゃないか」

「ここ数年で、一定数を超えたんニャな。こうなるとあいつらは爆発的に繁殖するんニャ」

更にしばらく森を進むと、森では嗅いだことがない匂いがしてくる。

「あれ？　なんか美味しそうな、いい匂いがしないか？」

「ウニャ、魔獣の臭いも混じってるがニャ。人間が襲われているのかもニャ」

急いで匂いのする方へ行ってみると、人が狼型の魔獣の群れに囲まれていた。

旅人なのだろうか。剣も携えず、フライパンと包丁を持って構えている。

「え？　料理長さん！」

よく見ると、その人物は料理長さんだった。

魔獣は今にも、料理長さんに襲いかかろうとしている。

危ない。僕は咄嗟に料理長さんの前に出て、魔獣の攻撃を双剣で防ぐ。

「ニャーメイドさん！　残りの魔獣をお願い！」

「ハイ、ライカ様」

ニャーメイドさんは低い体勢から地面を蹴り、前方に居る魔獣をめがけて疾走する。

僕は双剣にスキルを付与すると、次々に繰り出される魔獣の攻撃を防ぐことに集中する。すると『ダウジング』のスキルを付与された双剣は、魔獣の攻撃の軌道に合わせ、自動で全ての攻撃を防いでくれた。

『ダウジング』の新たな使い方を発見した。おもしろいように攻撃を防御してくれるこの技を、もう少し楽しみたい気すらしてくる。もはや、この程度の魔獣は僕の敵ではない。左の剣が自動防御をすると同時に、右の剣で魔獣の心臓を突き刺す。

魔獣は苦しそうな唸り声を上げながら、地面へ崩れるように倒れた。

ニャーメイドさんは、既に残り全ての魔物を倒していた。やはり強い。

僕は後ろにいる料理長さんに声を掛ける。

「料理長さん、大丈夫？　怪我はない？」

「ま、まさか……ライカ坊っちゃんですか？」

「うん。正真正銘、ライカ・ホワイトスだよ」

「よくぞ、ご無事で……私は、私は……」

料理長さんは、涙を溜めながら僕の手を両手で包む。

まさかの再会だった。あの日、ホワイトス家の門で別れて、もう一生会えないと思っていた料理長さんにまた会えるなんて。

僕たちは安全な場所に移動し、料理長さんが森の中にいた経緯を聞いた。

「……というわけで、ロイド様に解雇されてしまったのです」

「なんか、僕のために……ごめん」

「いえいえ、私の我慢強さが足りなかったのです」

「とりあえず、僕らの屋敷へ戻ろう」

僕がホワイトス家を追放されてからの話をしながら、料理長さんと一緒に屋敷へと戻る。

『ダウジング』の正体がわかったこと、白虎と出会ったこと、野菜作りや、養鶏を始めたこと。

今は、だれも料理を作れなくて、食事に困っていることも。

「ははは、それならば、これからはこの私めにお任せください」

「え？　料理長さん！　一緒に暮らしてくれるの？」

「はい。もちろんでございます。行くあてなどありませんから」

「やったー！　ありがとう料理長さん」

また料理長さんの料理を食べられるなんて、夢みたいだ。

これで全てがそろった。これから何不自由ないスローライフを送れると思うと、嬉しさで胸がいっぱいだ。


屋敷に帰ると、今朝まで新芽が生えた程度だった畑が、収穫できるほど成長した野菜で溢れていた。

「えぇぇぇぇぇ！　どうなってるのぉぉ！」

六つ星ユニークスキル『ダウジング』には、まだまだ隠された力があるのかもしれない。

僕は畑の野菜に驚いているが、料理長さんも僕たちの屋敷に驚いている。

「ライカ坊っちゃん、私は驚きましたぞ……なんと立派なお屋敷なんでしょう」

「ニャーメイドさんたちが修繕してくれたんだ。元々はね、本当に酷かったんだよ」

一通り庭を見てもらったので、今度は料理長さんに屋敷の中を案内して、最後に厨房にきた。

「おおお。ライカ坊っちゃん！　厨房が素晴らしい。ホワイトス公爵家の厨房に引けを取らないじゃあないですか」

厨房を見る料理長さんは大興奮している。たしかに立派な厨房だ。しかし、誰も料理ができない、言わば主のいない厨房だった。料理長さんが来てくれたことで、やっと厨房が機能する。

すぐにでも料理長さんの料理を食べたいなぁ。

僕の想いが伝わったのか、料理長さんは早速料理を作るために、畑の野菜を収穫しに行こうと言ってくれた。


畑に来ると、料理長さんは野菜を吟味し出した。

「うん。うん。味も良い！　素晴らしい野菜だ」

「不思議なことに、種を蒔いて一日で収穫できるほど育ってしまったんだ」

僕は野菜に詳しそうな料理長さんに伝えてみる。

「不思議なこともあるものですね。あ、あの丸々と太った鶏を絞めてもよろしいですか？」

「ダメーーー！　もう名前も付けちゃったんだ。絶対ダメ」

僕は全力で料理長さんを止める。

残念そうな顔をする料理長さんは、名残惜しそうに鶏を見つめながら屋敷へと戻っていった。

「さあ、今日は楽しみにしていてくださいね。この私めが、腕によりをかけてお料理させていただきます」

料理長さんは、貯蔵してある肉と果実、採ってきた野菜を材料に、料理を始める。

その手際はさすがだ。小さい頃から、料理長さんが料理をしているところを覗いていた僕は、再びこの光景を見られることに懐かしさを感じた。

テーブルには、次々と料理が並んでいく。小白虎を含めた人数分の料理。

「お猫さんの分もお作りしましたが、よろしかったでしょうか」

「あ、小白虎とニャーメイドさんは人間の食べ物は口に合わないんだって」

「なんと、それは失礼いたしました」

もったいないけど、僕もさすがに三人分の量は食べられないな。

「ニャ！　ニャニャ。この美味そうな匂い……クンクン」

「料理長サマ、ワタシ……この料理食べてみたいデス」

まさか、小白虎とニャーメイドさんが、人間の食べ物に興味を示すなんて驚きだ。

ペロッ。小白虎がスープをひと舐めすると同時に叫ぶ。

「う、うミャァァァァァ！　なんニャこれは……」

「ハァァァアン。美味デス♪」

ニャーメイドさんも料理を味わうと、恍惚《こうこつ》とした表情を見せる。


僕たちはあっという間に料理を平らげて、食後のお茶を飲んでいる。

「ニャぁ、料理長、さっき聞こえたが鶏を使いたがってたニャ？」

「ええ、私は鶏肉料理のレパートリーが多いもので」

「あれは、ライカの大事な鶏ニャが、たとえば魔獣ならどうニャ？」

魔獣って食べられるのか？　僕は今まで一度も食べたことがない。

「コカトリスは昔よく食っておったんニャが、うミャかったぞ」

「えー。魔獣って食べられるの？　不味そうだけどなぁ」

コカトリスってたしか、鶏に蛇の尻尾がついたような魔獣だよな。

「いえ、魔獣の肉は格別ですよ。しかもコカトリス。高級食材ですぞ！　捕獲も難しくてですね」

魔獣なんて討伐対象としか考えてなかった僕にとって、食べるなんて発想はなかった。

「え、高級食材なの？」

「はい。一体で家が一軒建つほどの価格です」

「え！　そんなに」

「あんな鳥ごとき簡単に捕まえられるニャ」

高級で美味と聞いて、俄然興味がわいてきた。

「よし。そんなに美味しいのなら決まりだね！　明日はコカトリス狩りだ！」

「じゃあ、料理長さん、僕らはコカトリスを獲ってくるから、お留守番よろしくね」

「はい、気を付けて行ってらっしゃいませ」

「あ、鶏も羊も、絞めちゃだめだからね！」

「はい、ご安心ください、ライカ坊っちゃん」

僕たちは、すぐにコカトリスが棲むという森の奥地を目指して屋敷を出発した。

夕方までまだ少し時間があるだろうが、森を奥まで進むと、陽の光を遮る葉は厚みを増し、一層暗くなる。

小白虎によると、コカトリスが生息する場所にもうすぐ着くのだという。

「コカトリスは本当に美味いのニャ。ただニャ……ライカ。あいつの唾だけは気をつけるニャ」

「唾かぁ、汚そうだなぁ」

「そうじゃニャい。あの唾がかかると白虎のニャレでもヒリヒリしてニャ。人間のライカなら骨まで溶けるはずニャ」

「うぇぇ！　それは嫌だなぁ。ニャーメイドさんなら大丈夫？」

「ワカりません」

「こいつでも溶けるだろうニャ。でもニャ、それでも食べたいくらい美味いのニャ」

「あ！　いたよ」

水辺にコカトリスが座しているのを、僕たちは木の陰から覗く。

「先客がいるニャ。バジリスクだニャ。あれはコカトリスの卵を狙ってるんだニャ」

大きなヘビ型の魔獣バジリスクがコカトリスと対峙していた。卵を抱いているコカトリスは、逃げることなくバジリスクを威嚇する。

対するバジリスクは舌を出し入れし、コカトリスとの間合いを詰めていく。

瞬間、コカトリスは唾液を撒き散らした。

それは一瞬で広範囲に広がり、バジリスクに降りかかる。コカトリスの五倍の体長があるバジリスクの体の半分が、一瞬で溶けた。体液を撒き散らしのたうち回るバジリスクは、生命力が強いのか中々息絶えない。

「怖っ！　唾っていうから少量かとおもったけど、あれは噴水レベルだよ……」

「ほれ、『ダウジング』で、遠くからやっちまうニャ」

小白虎に言われるまま、僕はスキルでコカトリスの急所を一撃で貫く。

「やはり便利だなぁ、僕は狩りの天才かもしれない……」

『火』のスキルなら丸焦げになるし、『氷』のスキルだと冷凍《れいとう》焼《や》けして味が悪くなる。どんなスキルであろうが、良い状態で仕留めるのは難しい。ただ、『ダウジング』は急所を一発なので、かなり狩りに向いている。

コカトリスを倒すと、その下には二つの卵があった。やはり卵を温めている母親だったのか。屋敷の鶏を想像すると、少しかわいそうな気がしてきてしまう。

「卵はぬるぬるして美味く無いニャ」

「はは、そりゃ生卵だからね。料理長さんなら美味しく料理してくれるさ」


「料理長さん！　ただいま。コカトリス獲ってきたよ」

「おお！　このコカトリスは最高の状態ですな。卵もあったのですか。素晴らしい」

「料理できそう？」

「もちろんですライカ坊っちゃん。私、料理人魂が燃えたぎっておりますぞ！」

料理長さんは目を輝かせながら、コカトリスを担いで厨房へと走っていった。

僕も一緒に厨房へとついていき、料理長さんが料理をしているところを見学する。

コカトリスの卵は、羊の乳とチーズ、ほうれん草を混ぜ合わせ大きなフライパンで両面にじっくりと火を入れる。固まると、まるでホールケーキのような具入りのオムレツができた。

根菜とコカトリスの首の肉を中火でコトコトと煮込むと、キラキラと輝くスープができた。

もも肉は香草に包み、コカトリスの卵白を混ぜた塩で塩釜を作りその中に入れ、オーブンでじっくり火を通す。


「皆様、お待たせしました。コカトリスのフルコースの出来上がりです」

「「おおおおお」」

料理がテーブルに並ぶと、いい香りが部屋いっぱいに広がり食欲を唆《そそ》られる。

「それでは……いただきます！」

感想なんて口にしなくても、美味しいことは伝わる。

美味しいのが当たり前のものに、敢えて「美味しい」なんて言葉は蛇足でしかない。

なのに、自然と口から漏れる。

「「美味ぁぁぁぁぁっ！」」

ああ、至福の時間が返ってきた。

翌朝、僕たちはダイニングに集まりモーニングティーを飲んでいる。

「あぁ昨日のコカトリスは美味しかったなぁ」

「ウニャ。まさか、あそこまで美味いとは……料理長、おぬし只者ではニャいニャ」

「ワタシも感動しまシタ。料理長サンに胃袋掴まれてしまいまシタ」

「ははは。そう言っていただけると料理人冥利《みょうり》につきますな」

僕たちは、昨日の料理の余韻に浸りながら談笑している。

「そういや、最近、全然マタタビ石の反応が無いんだよね」

「ウニャ。剣を媒体にしてるから効率が悪いのニャ」

「前もそんなこと言ってたね。じゃあ何を使えばいいのさ」

以前、羽ペンを媒介にして『ダウジング』を行った時に、剣とは違う不思議な感覚があった。

戦闘で無い場合は、ああいう物の方が『ダウジング』に向いているのかもしれない。

「ニャレの爪のような四聖獣の一部が一番いいのだがニャ。加工できるやつなんて、もういニャいだろうニャ」

「ふーん。白虎の爪ってそんなに扱いづらいんだ。まぁ、硬そうだしね」

「昔はニャレの爪を上手に加工する職人がちらほらいたんだがニャ」

「加工できる人がいないなら諦めるしかないね。他にはどんなのが適しているの？」

「せめて、硬い角や牙を持った魔獣だニャ。イビルボアなんていいかもニャ」

イビルボアって、たしか猪《いのしし》みたいなでっかい魔獣だったな。昔、父上が討伐したと自慢していたヤツだ。

「しかもニャ、あいつの肉は柔らかくて美味いニャ」

「一石二鳥じゃないか！　よし、獲りにいこうよ」

「ウニャ。でも、あいつの突進にだけは気をつけるニャ。牙が掠っただけで、簡単に手足がもげるからニャ」

「え、怖っ」

僕たちの話を聞いていた料理長さんは、目を輝かせている。

「イビルボアですか。これはまた、超高級食材ですな。私、興奮してまいりましたぞ」

「料理長さん、どうやって食べるのが美味しい？」

「ふむ。最近、寒くなってきたので、イビルボアのぼたん鍋なんて良いですね」

鍋か。想像しただけでヨダレが出てきそうだ。俄然やる気が出る。


出発の際、料理長さんが弁当を持たせてくれた。

僕たちはイビルボアの生息地である鉱山の麓を目指して、森を進んで行く。

「今日の朝言っていた白虎の爪ってさ、そんなにすごいの？」

「当たり前ニャ。ニャレの爪ニャぞ。まぁ、爪を折るのは嫌ニャがニャ。痛いし。血出るしニャ」

「え……痛いんだ」

爪を折るんだもんな。いくら白虎でもそれは痛いか。

でも、次の日には生えてくるらしい。可哀想だなとは思うが、それならいいかとも思ってしまう。

「クンクン……クンクン。この魔獣臭……イビルボアだニャ」

小白虎が臭いを嗅ぎながら、辺りを見回す。

「ウニャ！　あっちの方向ニャ」

小白虎が示す方向へ進んでいくと、泥浴びをしているイビルボアを発見した。

しかし、鼻の良いイビルボアは、僕たちの気配に気付き走って逃げ出す。すかさず追いかけるが、とにかく逃げ足が速かった。

「速いニャ……見失ってしまったニャ」

「あそこ見て！　あの洞窟に逃げたのかも」

イビルボアの逃げた先の岩壁に、洞窟の入口がある。

一見、小さな洞窟に見えるけど……取り敢えず『ダウジング』で確認してみるか。

『ダウジング』〝イビ……」

その瞬間――洞窟からずんぐりむっくりとした男が大慌てで飛び出してきた。

「わ！　びっくりした」

「助けてくれー。イビルボアが、イビルボアがワシの住処に！」

やっぱりあの中か。

「よし！　追いかけよう」

「待て、女子供がどうこうできる相手じゃねぇど」

僕が走り出そうとすると洞窟から出てきたおじさんが僕たちを止める。

「大丈夫。おじさんはそこで待ってて」

おじさんに一言伝えて、僕らは洞窟へと入る。

中は洞窟の割にはジメジメしていない、むしろ乾燥していた。

「随分、奥が深い洞窟だなぁ」

「明かりがあって良かったニャ。ニャレは暗くても見えるがニャ」

松明《たいまつ》が所々にあるおかげで、苦労せずに進める。おじさんが住んでいたからであろう。

「注意しながら進もう。突進されて足がもげるなんて嫌だからね。って、なんかいい匂いしない？」

「ウニャ、肉の焼ける美味そうな匂いニャな」

一番奥にたどり着くと、少し広い空間があった。ここは汗が吹き出るほど暑い。

辺りには、たくさんの鉱石や、鉄、金槌などが散乱している。

「暑っつ。なんなんだ、この部屋は」

「白虎様、ライカ様、あそこを見てくだサイ」

ニャーメイドさんが指さす方を見ると、レンガでできた炉《ろ》のような物が崩れ、炭が煌々《こうこう》とオレンジ色に光っている。

イビルボアはそれに突進したのだろう。既に息絶えて、パチパチと焦げ始めている。

「あぁぁぁぁ。丸焼きになっちゃう……」

これでは食材が台無しだ。僕とニャーメイドさんで、焦げ始めているイビルボアを炉から下ろす。

その様子を洞窟の通路から、おじさんが覗いている。

「ああ。ワシの工房が……めちゃくちゃじゃあ」

おじさんは膝から崩れ落ち、絶望している。

「ウニャ？　お前、ドワーフだニャ」

「あわわ。猫が喋りよった！」

「猫とは失礼ニャ……ニャレは白虎ぞ！　この土地の守護獣ニャぞ」

「おぉ、滅多なこと言うもんじゃないぞ」

ドワーフ。人間に近い種族だけど、筋骨隆々の体躯で力が強く寿命も長い。

その数は減少していて、森の何処かに集落をつくり、ひっそりと暮らしている。と、家庭教師の先生に昔教わったたな。


「一人でこの洞窟に住んでいたの？」

「ああ、色々とあってな……」

少し落ち着いた所でドワーフから洞窟に住んでいる経緯を聞く。

この洞窟から遠く離れた森に、鍛冶仕事を生業《なりわい》とするドワーフの集落があったらしい。

しかし、近年増え続ける魔獣に、集落が襲われたそうだ。ドワーフたちは散り散りに逃げることになった。このドワーフのおじさんも、一人でなんとか逃げ延びて、今はこの洞窟に隠れ住んでいるのだとか。

「……で、お前らが追いかけ回したイビルボアが、ワシの住処に入り込んだと」

「そう……みたいだね」

申し訳ないことをした。間接的にだけど、ドワーフのおじさんの住処を壊すことになってしまった。

「お前らのせいで、仕事ができなくなってしまったじゃないか。どうしてくれるんだ！」

「ご、ごめん」

「ごめんで済んだら、金槌はいらんわい！」

ドワーフのおじさんは相当怒っているな。しょうがないか、僕だって屋敷が壊されたら許せない。

「ニャぁ、ドワーフ。お前、ニャレたちの屋敷に来ないか？　工房も建ててやるニャ」

「なんと！　本当か！」

小白虎がナイスな提案をする。たしかに僕たちの屋敷なら工房を建てる敷地も十分にあるし、鍛冶仕事ができるドワーフのおじさんが来てくれるなら大歓迎だ。

「うん！　それがいいよ。農機具とか欲しい物がいっぱいあるし」

そうしてドワーフのおじさんは、すぐに屋敷に来てくれることになった。


屋敷に来たドワーフのおじさんはマウラさんという名前だ。

「ほう。いい場所じゃ。気に入った！　ここに工房を作ろうかいな」

鍛冶仕事は夜中も作業するし、鉄を打つ音はかなり響くから、屋敷から少し離れた敷地に鍛冶場を建設することにした。

ニャーメイドさんはマウラさんの要望を細かく聞いている。

鉄を溶かすための溶鉱炉《ようこうろ》や窯《かま》型の炉。

マウラさんの要望通りにニャーメイドさんが建設を始めると、マウラさんは鍛冶道具を洞窟へ取りに行くというので、僕と小白虎は護衛として同行することにした。

「マウラさん、鍛冶道具って結構な量でしょ？」

「ああ、鍛冶道具だけじゃのうて、鉱石も持って来んといけんけぇのう」

「だったら何往復かしないといけないね」

屋敷から洞窟までの往復には、かなりの時間を要する。

果たして一日で終わるのか。

「ほっほっほ。大丈夫じゃ、馬があるけぇの」

「マウラさんは馬も操れるんだ。すごいなぁ」

「洞窟の近くに厩舎《きゅうしゃ》があっての。そこにおるんじゃ」

馬はとても貴重で高価なものだ。馬を飼えるなんて、マウラさんは鍛冶で相当儲かっているんだろうな。

「ロバートという名でな。頭が良くてワシの自慢の白馬なんじゃ」

「え!?　白馬なんて、公爵が乗るような馬を……」

白馬は高貴な身分の人しか乗らないと、昔父上に教えられたっけ。

「ウニャ。白馬か……ドワーフ、お前すごいやつだったんだニャ」

「大したことじゃないわい」

洞窟近くの厩舎に着くと、マウラが手綱を引っ張って出てくる。

「どうじゃ、綺麗な白馬じゃろう」

たしかに白い色をしているけど、これは……

「ずんぐりむっくりのロバじゃニャいかーーー！」

「なんじゃと猫風情が！　この美しさと凛々しさがわからんのか」

マウラさんの美的センスは、ちょっとズレているのかもしれない。


僕とマウラさんは、洞窟から鍛冶道具を運び出す。鉄を叩く台である金床《かなとこ》の重さは尋常ではなく、二人がかりでも持ち上げるのがやっとだ。

鉄を切るための鏨《たがね》や、鉄同士を接着するための鉄蝋《てつろう》、砥石《といし》や大金槌。大量の鉱石や鋼鉄を荷馬車に乗せると、車輪がついているのにもかかわらず、僕の力では引っ張ってもビクともしない。

やっとの思いで全て運び出して、ずんぐりむっくり白馬改め、白ロバのロバートと荷馬車をつなぐ。

「さて、ワシらも乗ろうかの」

御者台に僕たちが乗り、マウラさんが手綱を握ると、ロバートは平然と進み始める。

「このロバ、力強ーーっ」

普通の馬ならば四頭で引くほどの重量だろうが、ロバートはこの積載量の荷馬車を、涼し気な顔で引いている。

屋敷に着き、鍛冶場の建設場所に行くと、マウラが目を丸くして驚く。

「なんと！　もう鍛冶場ができとるじゃないか！　ニャーメイドと言ったか、人間離れしておるな」

「ハイ。人間ではありませんカラ」

マウラさんの言葉に、ニャーメイドさんはさらっと答える。

「人間じゃないじゃと！　では一体何者なんだ」

「白虎様とライカ様の眷属でございマス」

「なんと、この地の守護聖獣の……です……か？」

更に目を丸くして驚くマウラさんは、白虎の存在に恐縮している。

小白虎が自分で白虎だと名乗った時は、特に反応していなかったマウラさんだけど、白虎のことは知っていたのか。

「ふふふ。その白虎とはニャレのことニャぞ」

「さっきから何を言っておる猫風情が。白虎様に失礼じゃろうが」

ああ、マウラさんは信じてなかったから、さっきはあんな反応だったのか。

「ニャ……このニャろうめ、ひき肉にしてやろうかニャ」

小白虎はわなわなと怒りに尻尾を震わせる。

まぁ、大きくなった姿を見るまでは信じられないだろう。


鍛冶道具や鉱石を全て鍛冶場に運び終える頃には、日も暮れ始めていた。

そのまま鍛冶場で少し休んでいると、僕たちを料理長さんが呼びに来た。

「皆さん、お食事ができましたよ」

一日中力仕事をしていたから、腹ペコだ。僕たちは屋敷のダイニングルームに移動し、それぞれが席につくと料理が運ばれてくる。

キノコのポタージュに、スライスされたマッシュルームのサラダ。肉とキノコの包み焼き。

「今日は、マウラさんの歓迎会も兼ねて、ささやかですが手の込んだ料理にいたしました」

「おお！　キノコ料理じゃないか」

「はい。ドワーフはキノコがお好きとのことですので。お酒も火酒《かしゅ》をご用意しております」

料理長さんは樽熟成《たるじゅくせい》させた蒸留酒《じょうりゅうしゅ》をマウラさんの眼の前に置く。

「おぉぉぉ。至れり尽くせりじゃな。もう、食ってよいのか？」

「はい。ぜひお召し上がりください」

マウラさんは目を鉱石のように輝かせて、舌舐めずりをしてから食べ始め、一品一品に舌鼓を打っている。

「おい、ドワーフ。お前、白虎の爪の加工できるかニャ？」

口いっぱいにキノコ料理を頬張るマウラさんに、小白虎が話しかけた。

「ああ、ドワーフには伝承されとるけぇ製法は知っとる。が、伝説の素材じゃけぇワシも見たことはない」

「そうか、加工できるニャらよかったニャ」

小白虎はうんうんと頷《うなず》き、テーブルに手を乗せ、椅子の上に立ち上がる。

「ウニャ！　ライカ、明日からマタタビ石探しに精を出すニャ」

「そうだね、最近めっきり見つからないもんね。探す範囲を広げようか」

「なんじゃ、マタタビ石が欲しいんか？　ワシの鉱石置き場に何個かあるど」

マウラさんは咀嚼《そしゃく》しながら言う。

「え？」

「ニャーー！　それを早く言えニャ」

小白虎は鼻息を荒くして、ヨダレを垂らしている。

「よし、今すぐ鍛冶場に行くニャ」

「まだ食事の途中だし明日にしようよ。ったく、小白虎は食いしん坊だなぁ……」

「そうじゃ、まだ火酒を飲み足らん。満足するまで飲ませてくれないと、マタタビ石をやらんぞ」

こんなにおいしい食事を途中でやめるなんてごめんだから、僕は小白虎を制止する。マウラさんもそれに続いてくれた。

「だめニャ、これはライカのためでもあるのニャぞ。急務ニャ！」

しかし、小白虎はマウラさんを煽《あお》り、火酒をどんどん飲ませる。

いい気持ちになったマウラさんがフラフラと立ち上がり、僕らを連れて鍛冶場へと向かう。

鍛冶場に着くとマウラさんがマタタビ石を持ってくる。

「ウニャァア！　おい、ドワーフ！　でかしたニャ。食べるから、早くよこすニャ」

「こんな石食べるんかいの？　まぁええか、ほーれ、お食べ」

「ニャウ」

ゴゴゴゴゴゴゴゴ。

小白虎の体が大きくなり、白虎の姿を取り戻す。

その様子を目の当たりにしたマウラさんが腰を抜かす。

「わわわわわ！　びゃ、白虎様じゃ……」

「おい！　ドワーフ。恐れ入ったか」

「は、はい……」

マウラさんはひれ伏し、頭を垂れている。

「ガハハハ。だから我は白虎だと言ったであろう」

「まさか、生きているうちに白虎様をこの目で拝めるとは。ありがたや、ありがたや」

マウラさんは、白虎を見上げ、揉《も》み手《で》をしている。

「うむうむ。苦しゅうない。さて、ドワーフよ。我の爪を切り落とすが良い」

「よ、よろしいのですか？」

「ああ、一思いにやってくれて構わん」

マウラは、鍛冶場から鏨と金槌を持ってくると、地面に寝転び前足を差し出す白虎に近づく。

「えい」

「ぐっ」

白虎が、苦痛の唸り声を出す。

鏨は白虎の爪に食い込み、折れた爪は地面へと転がる。

「よし、それではこの爪をお前に加工し……」

「えい」

「ぐっ！　おい、なぜ二本目を……」

折れた二本目の爪は地面へと転がる。

「まぁよい。この爪は褒美としてお前にくれてやるとす……」

「えい！」

「イテテ。おい、もういい！　見てみろ、血がこんなに出……」

「えい！」

「貴様！　なぜ四本もーーーっ！　一本で十分だろぉぉ」

恍惚とした表情のマウラさんが、我に返る。

「ハッ！　すみません！　幻の素材に興奮してしまいまして……」

白虎の体は小さくなり、いつもの小白虎の姿になる。

「ライカ……痛いニャ」

「よしよし、かわいそうに」

僕は小白虎を抱き上げ撫でる。

すぐに屋敷に戻って、僕は小白虎の手当てをする。

「ドワーフめ、いつか細切れにしてやるニャ」

「あれ、マウラさんは？」

「鍛冶場でニャレの爪を見ながらうっとりしているんだろうニャ」

この夜、マウラさんは白虎の爪を抱きながら眠りについたそうだ。


翌朝、料理長さんがテーブルに皿を並べる。

「本日の朝食はオムライスでございます」

「やったー。僕、料理長さんのオムライス大好きなんだ」

『ダウジング』の正体がわからずに悩んでいた時以来のオムライスだ。

「坊っちゃんが落ち込んでいる時に、よく、お作りしましたよね」

「うんうん。懐かしいなぁ。さぁ、小白虎もニャーメイドさんも食べてみなよ」

家族から孤立してさみしい思いをしていた時、いつも料理長さんがオムライスを作ってくれた。

この味に何度救われたか。

「う、うミャいニャ」

「ハァン♪」

「人間風情の食べ物なぞ食べない」と言っていた二人も、最近は料理長さんにすっかり胃袋を掴まれてしまっている。

「ねぇ小白虎、もう爪は痛くない？」

「ふふふ、もう生えたニャ」

そう言って自慢気に爪を見せてくる小白虎。

「さすが、小さくても四聖獣だね」

「誰が、豆粒子猫ニャー」

「そこまで言ってないって……あ、そういえばマウラさんは？」

マウラさんは朝食に顔を出していない。

「ドワーフのやつは、まだ鍛冶場でニャレの爪を眺めてそうだニャ」

「ハイ、先程朝食のために呼びに行ったら、白虎様の爪に頬ずりしてまシタ」

ニャーメイドさんが一度呼びに行ってくれてたのか。

「……悪寒がしたニャ。まあいいニャ。食べ終わったら鍛冶場に行ってみるニャ」

朝食を終え鍛冶場へ行くと、案の定白虎の爪に頬ずりするマウラがいた。

「これは白虎様！」

小白虎の姿を見た瞬間に、膝を突き頭を垂れるマウラさん。相当な白虎崇拝者なのだろう。

「よいニャ、顔を上げよ」

「して白虎様。ここに何ゆえ」

「ニャレの爪でライカに〝ダウジングロッド〟を作って欲しいニャ」

「ダウジングロッド……はて、それはどのような物ですか？」

小白虎はダウジングロッドの形状の説明をする。

「理解しました！　それならば、明日には仕上がると思いますけぇ、お待ちください」

「うむ。たのんだニャ」

「マウラさん！　僕、見学していい？」

早速取り掛かろうとするマウラさんに僕は声を掛ける。

「そりゃあええが、邪魔だけはするなよ」

「うん！」

マウラさんは坩堝《るつぼ》に消魔《しょうま》素材《そざい》という特殊な粉と白虎の爪を入れ、溶鉱炉に入れる。

鞴《ふいご》で空気を吹き込むと、溶鉱炉の温度はぐんぐんと上昇していった。

溶鉱炉の坩堝から取り出した真っ赤な白虎の爪を、マウラさんは金槌で叩いていく。

徐々に形が変わっていく様子が面白くて、日が暮れるまで見学させてもらった。

次の日の朝、徹夜作業をしたマウラさんが屋敷へと駆け込んできた。

「白虎様！　できましたぞ」

L字に加工された二本の白虎の爪は、綺麗な波模様になっており、握る柄の先には小さなマタタビ石が嵌め込まれている。

「おいドワーフ。この三本の傷はなんニャ」

「これは、神酒《みき》と申しまして、爪を使わせていただくことへの感謝を示すために三本線を付けるのです」

「ふむ。良い心がけニャ」

柄のマタタビ石はネジになっており、回すと細い鎖が出てくる。

小白虎曰く、これはペンデュラムというそうだ。

「うむ。よい出来栄えニャ。ライカ、これで『ダウジング』を使ってみるニャ」

「うん。『ダウジング』〝マタタビ石〟」

二本のダウジングロッドは、鍛冶場の方向を指す。

「うむ、次はペンデュラムを使ってみるニャ」

鎖の先のマタタビ石が光り、対象となるマタタビ石の方向に引っ張られる。

「うむ。よいニャ。ペンデュラムはより詳細な探索ができるのニャ。上手く使えば地中深く埋まった物の位置もわかるのニャ」

「物知りだなぁ。さすが小さくても聖獣だね」

「誰が米粒子猫ニャーー！」

その日から、僕は小白虎の指導の下で、『ダウジング』の訓練を始めた。

かつて『ダウジング』を持っている者を従えていただけあって、小白虎はこのスキルに詳しい。

「除外っていうのもできるのニャ」

「除外？」

「ウニャ。鍛冶場にあるマタタビ石を除外するイメージでしてみるニャ」

「『ダウジング』〝マタタビ石〟——〝除外〟〝鍛冶場〟」

ダウジングロッドが反応を始める。鍛冶場にあるはずのマタタビ石を指さずに、屋敷の南側を向いた。

うまく行った。よし、また一つ『ダウジング』を使いこなせるようになったぞ。

「次の行き先は決まったニャ。南ニャ！　それじゃ早速、マタタビ石探しに出発ニャ」

第四章　オーレスの街を救え

「もう勘弁なりませんぞ！　ホワイトス公爵！」

この日、ホワイトス公爵家ではこの月三度目の貴族会議が行われている。

ホワイトス公爵と貴族たちの対立は激化していた。

「度重なる魔獣の襲来で、オーレス子爵の治める街が壊滅の危機なのですぞ」

「物資は送っておるではないか」

「必要なのは物資ではなく兵力なのです。オーレス子爵は何度も援軍を要請しているらしいではないですか」

この非常事態では、公爵相手でも口を慎むことをしない貴族たち。

「こちらにも都合というものがあるのだ。全てには応じられぬ」

苛《いら》ついた表情で、大声を上げるホワイトス公爵。

「ホワイトス公爵、貴方の役割は我ら貴族を束ねることではないのですか。それなのに貴方は自分の領地のことばかり」

ホワイトス公爵は怒りの表情を浮かべ歯ぎしりをする。

「このまま対応しないのならば、国王に上奏《じょうそう》しますぞ」

「貴様ら、それは私に対する脅迫か？」

数時間にわたり続いた応酬《おうしゅう》が終わり、貴族たちはホワイトス家をあとにする。

「父上、僕が精鋭を連れて、オーレスの街に行ってまいりましょうか」

フィンは貴族たちの去った部屋に入ると、ホワイトス公爵に提案する。

「いや、我が領地を手薄にするわけにはいかないのだ……」

「しかし、このままだと、父上の立場が……」

無言の時間が部屋に流れ、ホワイトス公爵が重い口を開く。

「……仕方ない。フィンよ、オーレスの街に行ってくれるか」

「はい。お任せください。すぐに魔獣を討伐して戻ってまいります」

「ああ。必要な物や資金はいくらでも持って行くが良い」

「四つ星のレアスキル持ちの僕なら、最悪一人でも大丈夫ですよ」

自信満々の笑みを浮かべながら、フィンは部屋を出ていった。

その後すぐに、フィンは使用人に数日分の食料と武器を馬車の荷台に運ばせると、四人の剣士を引き連れて、豪華な装飾の馬車に乗り込む。

「フィン様、さっさと片付けて帰りましょう」

「ああ、僕とお前たち四人がいれば楽勝さ」

フィンたち一行は、二頭の馬が引く馬車に揺られ、オーレス子爵の治めるオーレスの街へと出発した。

「フィン様、四つ星のレアスキル持ちってどういう気分なのですか？」

「自分の相手になる者がいないという、強者ならではの孤独さ」

「さすがフィン様。格好いいです」

「あれだけ大きな存在に見えた父上ですら、最近では小さな存在に思えるよ。あはは」

フィンの話に、剣士たちは感嘆の声を出す。

「私達は一生、フィン様についていきます」

「ああ、しっかりと僕のために尽くしてくれよ。僕が公爵になった暁には、更に良い待遇にしてやろう」

ガタン。馬車が急停止すると、苛立った様子でフィンが大声を出す。

「おい、御者。なんで停まるんだよ！」

「申し訳ございません。馬車の前に、人が……」

馬車から身を乗り出し、フィンが外の様子を窺う。

「ふん、家族連れの難民か。おい、御者。ここはホワイトス公爵領か？」

「いえ、既にオーレス子爵領に入って御座います」

「そうか。じゃ、無視して進んで」

ため息をつきながら、フィンは御者に命令をする。

「フィン様、お助けにならないのですか？　随分困っているようですが」

剣士の一人がフィンに尋ねる。

「他の貴族が治める領地の民なんてどうでもいいよ。面倒ください」

それを聞いた剣士は、馬車を降りる。

「貴様ら！　我らの行く道を塞ぐなら、たたっ斬るぞ！　どけ！」

慌てて道の端に避ける難民の足元に、その剣士は唾を吐き馬車へと戻っていく。

「あはは。ゴミ掃除ご苦労さま」

フィンの笑い声を残し、馬車はオーレス子爵領の街を目指して再び進み始めた。

◇◆◇

「なぜ、この西の地ばかり魔獣が襲ってくるのだ……」

ホワイトス公爵が頭を抱えている。

「ホワイトス公爵、北の地の偵察から戻った者からの報告が上がっております」

部下が報告のために執務室に入ってきた。

「読み上げげろ」

「はい」

内容は、現在北の地も魔獣が増えているものの、タートリア公爵家をはじめとする各剣士部隊が抑え込んでいる、というものだった。

タートリア公爵家が配給している〝奇跡《きせき》の秘薬《ひやく》〟なるもののお陰で、負傷兵は瞬く間に回復し戦線へと復帰しているらしい。

そのため一つ星、二つ星といった下級の剣士が集まる部隊でも、十分に魔獣討伐が可能とのことだ。

「奇跡の秘薬……もしや五つ星のあの娘のスキルか……」

ライカの神託の際にいた、タートリア公爵令嬢ルシアの授かった五つ星のレアスキル『癒やし』。

その存在は、北の地の情勢を変えるほどの影響力を持っているのだろう。

「なんとしても奇跡の秘薬なるものを、手に入れて参れ！」

「はい。承知いたしました」

◇◆◇

今、僕たちはマタタビ石の反応があった屋敷の南方面へと向かっている。

以前、買い出しに行ったペイアンの街まで来たが、『ダウジング』は更に南を指していた。

「ライカの『ダウジング』の効果範囲は、一体どうなってるニャ。バグってるニャ」

小白虎曰く、過去の使い手の効果範囲は、最大でも半径二キロメートル程度。

しかし、僕は剣を媒介にしてもそれ以上はある。

ダウジングロッドを使った場合、どこまでの範囲かは今後検証していく必要がある。

「うーん。距離の調整もできればいいんだけどね。とりあえず、お腹もすいたし、ペイアンの街に寄っていこうか」

きっと、そのうち効果範囲の調整もできるようになるだろう。帰ったら訓練してみよう。

僕たちは街に入り食堂へと向かう。

テーブルにあるメニューを見ると、多くが品切れだった。

「前にニャーメイドさんが、ここのシチューを見様見真似で料理してくれたよね」

「ニャぁ、そんなこともあったニャ。ニャレは食ってニャいが」

「不味かったなぁ」

あの味を思い出すと身の毛がよだつ。料理長さんが屋敷に来てくれてよかった。救いの神だ。

「オ恥ずかしいデス」

あの味を忘れるためにも、僕はまたシチューを頼もうかな。

「小白虎は何食べる？」

「ニャレはいらニャいニャ」

いつも料理長さんの料理にがっついている小白虎が食べないなんて珍しい。

「どうしたの？　お腹でも痛いの？」

「ウニャ、匂いでわかるニャ。ここの料理は美味くないニャ」

「この前は普通に美味しかったけど……まぁいいや、小白虎の分は頼まないね」

ちょうど決まったところに店員さんが来て、水の入ったグラスをテーブルに置く。

「ご注文はお決まりですか？」

「じゃ、僕、シチューとバゲットを」

「デハ、私も同じものをくだサイ」


しばらくすると、店員さんが料理を運んできた。

「なんでこんなにメニューが品切れだらけなんですか？」

僕が尋ねると、店員さんがその理由を教えてくれた。

「先日、南にあるオーレスという大きな街が、大勢の魔獣に襲われたのです」

「なんだって！　大勢の魔獣？」

「ええ。街の人達の多くは避難したのですが、まだ街には魔獣がたくさん居るみたいで……」

「それじゃ、街の人達は今どこに？」

「オーレスの街とこの街の間あたりに、難民キャンプを作っているらしいのですが……」

「じゃあ食料はこのペイアンの街から調達しているってことかぁ」

「はい。そのせいでこの街の食料も枯渇し始めていて……」

魔獣のせいなのか。そうとわかれば、こうゆっくりしていられない。

僕は急いで料理をかき込んだ。

「小白虎！　助けに行こう」

しかし、小白虎はそっぽを向き頬杖をついている。

「嫌ニャ」

「なんでさ」

「人間風情がどうニャろうがニャレには関係ニャいのニャ」

「小白虎はこの地の守護聖獣でしょ？」

「それは、人間どもがマタタビ石を献上していた頃の話ニャ」

「薄情な猫だなぁ。あ、でも、『ダウジング』は、その街の方向を指してたよ」

「……うむ。助けに行かねばニャらんニャ」

「現金な猫だよ、お前は」


店員さんの話だと、難民キャンプへは、ここペイアンから歩いて一日ほどかかるらしい。

「何か、差し入れできたらいいんだけどなぁ。屋敷に食材はたくさんあるから」

「取りに戻るとか言うニャよ」

「うん。手紙でも出せればいいんだけど、それでも時間かかっちゃうし……」

僕のつぶやきに、小白虎は少し嫌そうな顔をしてから口を開く。

「ニャー……手紙か。よし、ちょっと待つニャ」

小白虎はふぅっとため息を吐き、ヒゲを一本抜くと僕に手渡す。

「何？　このヒゲ」

「これに手紙をくくりつけて、『ダウジング』で屋敷に飛ばしてみるニャ」

「そんなことできるのか！」

「ウニャ。昔、ニャレに仕えてた者がよくやっていたニャ」

「わかった。ありがとう！」

僕は急いで、こう手紙にしたためた。

——料理長さんへ
僕らの屋敷から見て南にある街、ペイアンから更に一日ほど歩いたところに、オーレス子爵領の街の人が難民キャンプを作っているんだ。

魔獣が街に居て、まだ当分戻れそうにないらしく、食料が足りないんだ。

すぐに、屋敷にある食料をたくさん持ってきて欲しい。

ライカより——


書いた手紙をヒゲに結び、僕はスキルを発動する。

ちなみにヒゲを抜くのは痛いらしい。それなのに自らヒゲを抜くなんて……相当マタタビ石を齧りたいんだろうな。

「お前は体は小さいけど、器のでかい猫だよ」

「誰がアリンコ小虫猫ニャーーっ！」

「そこまで言ってないってば……」

「『ダウジング』〝屋敷〟」

ヒゲに結んだ手紙は宙に浮き、屋敷のある方向へ勢いよく飛んでいった。

「便利だなぁ。このスキル」

「離れた所まで届くのはニャレのヒゲだからニャ。それを忘れるニャよ」

「はいはい。ありがとうね」

僕らはすぐに街を出発し、夜通し歩いて難民キャンプへ向かうことにした。

翌日、到着した難民キャンプの規模に驚く。

避難民たちは、生きる気力を失くしたかのような精気のない表情でうなだれている。

空腹に耐えられず泣く子供の声と、何日も体を洗っていないであろう人間の体臭が満ちている。

「少ニャくとも、二千人は居るニャ……」

「うん。これじゃあ食糧難になるわけだ」

しばらくすると、一台の馬車が難民キャンプの入口に到着する姿が見えた。

大きな荷馬車を引くずんぐりむっくりの白ロバ。料理長さんとマウラさんだ。あの白ロバ、相当力持ちで速いな。

「料理長さんたち、来てくれてありがとう！　早かったね」

「いえいえ、坊っちゃんの頼みですから。おや、屋敷中の食料を積んで参りましたが……これは焼け石に水ですな」

冬越えのために貯蔵しておいた屋敷の食料なんて、せいぜい百人分程度。この人数の食事を賄うことなんてできない。

「何かいい手はないかなぁ」

料理長さんがポンと手を叩く。

「ライカ坊っちゃん、オーレスの街に居る魔獣を狩り尽くせば、極上の食材になりますよ」

「うん！　それだ！」

馬車からマウラが、ひょっこりと顔を出す。

「白虎様！　鍛冶場のマタタビ石を全部持ってきましたけぇ、これで魔獣たちを根こそぎやっちまってつかぁさい！」

「うニャ。ドワーフよ。でかしたニャ」

僕たちはすぐに魔獣掃討の準備を始める。

「これから向かうオーレスの街は、採掘で栄えた場所なんだ」

僕は昔、家庭教師に教わった地理と歴史の授業を思い出す。

「ああ、鉱山の西側辺りか。ワシも若い頃、ドワーフの仲間たちと掘りに行ったわい」

長命のドワーフであるマウラさんの「若い頃」って、一体何年前のことなんだろう。

「街に貯蔵してある鉱石に混じって、マタタビ石があるのかもね」

「ウニャ。ニャんとしても街を救わニャければニャ。お礼にマタタビ石を全部もらうニャ」

難民キャンプを歩き回っていた料理長さんが、僕らの所へ戻ってきた。

「避難民に聞いて回ったところ、どうやら魔獣の数は三百体をゆうに超えるらしいですな」

「うわぁ……そんな数を相手に倒せるかな」

「その程度の数、マタタビ石があるから余裕ニャ」

自信満々の小白虎は、余裕綽々《よゆうしゃくしゃく》に地面に寝そべっている。

「建物とか壊さないようにしてね」

「ウニャ……それは約束できないニャ。白虎に戻ったニャレの体はでかいからニャ」

建物を壊されたら復興に時間がかかってしまう。それは避けたい。

「よし、皆。作戦の確認をしよう」

僕は地面に描いたオーレスの街の地図に、石を置きながら説明する。

街の東側にある入口から入ったら、まず遭遇する魔獣を蹴散らしながら一直線に街の一番奥まで突っ切る。

そこでマタタビ石を食べた白虎が眷属を創る。白虎は小白虎に戻るだろう。

各自、街の南北に十二個ある大きな通りを、魔獣を倒しながら東に向かって進む。

魔獣を街の南東にある広場に追い詰めたところで、小白虎が再度白虎に変身して全ての魔獣を殲滅する。

「この作戦でいくから、しっかりと覚えてね」

「がってんニャ」

「一番大きい通りはワタシにお任せくだサイ」

大きな通りには魔獣が多くいるだろうから、一番戦闘能力が高いニャーメイドさんが適任だ。


オーレスの街に着く頃には日が落ちていた。

「そろそろオーレスの街が見えてきます。私とマウラさんはここで待機しております」

料理長さんは、倒した魔獣を難民キャンプに運ばないといけないので、なるべく街の近くで待機してもらうようにした。

「ライカ坊っちゃん、猫さん、ニャーメイドさん、御武運を」

「魔獣の肉での宴《うたげ》が楽しみじゃのぉ。皆、気ぃ付けぇよ」

料理長さんとマウラさんに見送られて、僕たちは街の入口に立つ。

「さて、マタタビ石のためニャ」

「美味しいお料理のためデス」

「オーレスの街のためだよ！　行くよ！　皆」

私欲むき出しの二人だが、隣にいると心強い。さぁ、魔獣掃討作戦の開始だ。


ニャーメイドさんが疾走する後ろを、僕は小白虎を頭に乗せ追いかける。

魔獣が少ない通りを進んでいるはずだが、所々にいる魔獣の数は、全体の規模の大きさを想像させる。その種類も様々で、イビルボアや狼のようなものもいる。

魔獣は僕たちを見つけると、いきり立ち襲ってくる。しかし、先頭のニャーメイドさんが一撃で魔獣を瞬殺していく。

その戦いぶりは白虎を彷彿《ほうふつ》させる。

「ハァハァ。街の一番西まで着いたね」

「よし！　ニャレの出番ニャ。マタタビ石をよこすニャ」

遂に決戦の始まりだ。

ゴゴゴゴゴゴ……

「我が眷属たちよ！　魔獣どもを狩って狩って狩りまくれ！」

白虎の毛から生まれた眷属たちは、毛を逆立て牙を剥くと、各自の持ち場へと疾走していく。

眷属の創造で消耗し小さくなった小白虎は、定位置である僕の頭に飛び乗る。

「小白虎、広場についたら齧る用のマタタビ石を渡しておくね」

「ニャんで、首輪にしたのニャ……」

僕は急ごしらえで用意した、マタタビ石を付けた首輪を小白虎につける。雑なものだが、どうせ大きくなれば千切れてしまうのだからこれでいい。

「あはは。似合ってるぞ」

「ムムム……気に食わニャいがしょうがないニャ。さぁ行くニャ！」

僕の担当する通りは、民家が立ち並ぶわりかし狭い通りだ。

精肉店や飲食店が並ぶメインの大通りに比べると、魔獣が少ないはずの持ち場だけれど、それでも多くの魔獣の姿が目に映る。

民家から引き摺《ず》り出してきた食材を、複数の魔獣が食い漁っている。

僕のスキルは、一対多数の戦闘には向いていない。

剣が手から離れないように、調整しながら剣にスキルを付与する。

剣身が急所への軌道を修正する程度の出力を維持し、狙い通りの効果を発揮する。

「うん！　十分戦える！」

目的地まであと半分くらいという地点。今のところ計画は順調に進んでいる。

そう思った次の瞬間——

背中に燃えるような熱さを感じた。次第にその熱は痛みへと変わっていく。

民家に潜んでいた魔獣の不意打ちを食らってしまった。

くっ！　やられた……

僕の背中から流れる血が、足まで伝う頃には冷たくなり、不快感に変わる。

「おいライカ！　大丈夫かニャ！　随分と傷が深そうニャ」

「うん、致命傷じゃない。だ、大丈夫」

僕は『ダウジング』で剣を飛ばし、その魔獣を仕留めると同時によろめく。

「おい、しっかりするニャ」

血を流し過ぎたのか意識が朦朧《もうろう》とする。視界が狭くなる。途切れそうな意識の中、僕は走った。

あの角を越えれば……

あと、百歩……

あと五十歩……

やっとだ。やっと広場までたどり着いたぞ。

街の東南にある広場には、追い詰められた魔獣たちが集められ、蠢《うごめ》くように黒い大きな塊となっている。

「よくやったニャ。ここからはニャレに任せるニャ」

ここまで来れば、あとは伝説の四聖獣がこの魔獣たちを蹂躙《じゅうりん》するだけだ。計画はもう完遂する。

しかし、そこに広がる光景は、予想だにしないものだった。

「フィ、フィン！」

弟のフィンが広場で魔獣たちに囲まれている。

「あ、兄上……なぜ……ここに」

◆◆◆

少し時は遡る。

「そろそろオーレスの街か」

フィンと四人の剣士が馬車に揺られている。

「魔獣に街を乗っ取られるなんて、本当に貧弱な貴族ですね」

「ああ、さっさと片付けて、父上に褒美をたくさんもらおう」

「へへ、そうしましょう。実は今、狙っている娼館《しょうかん》の娘がいるんですよ」

部下の一人が嬉しそうに話す。

「そうか。じゃあ今回の報酬で身請《みう》けできるな」

「はい！　やはりフィン様は最高です！　一生ついていきます」

「あはは。それがいい。すぐに僕がホワイトス公爵家の家督を継ぐことになるしね」

ご機嫌なフィンは鼻高々にふんぞり返る。

「そんなに早くホワイトス公爵はご隠居なされる気なのですか？」

「最近、魔獣の被害が多発していて、周辺貴族から責め立てられているんだ」

「そうみたいですね。最近の魔獣の多さは、私たち剣士部隊の間でも話題になっております」

「父上は気丈に振る舞ってはいるけど、相当参っているはずさ」

こういった状況を見て、今までホワイトス公爵に尻尾を振っていた部下たちは、下心からフィンに鞍替《くらが》えし始めていた。

「かつて戦場の英雄と呼ばれたホワイトス公爵も、政治には弱かったということですね」

「うん。その点、僕ならば周りの貴族なんて黙らせちゃうからね。力尽くで」

「フィン様は、ホワイトス公爵と手合わせをしたことはあるのですか？」

「うん、だいぶ昔にね。子供の頃はこてんぱんに痛めつけられたよ」

幼少期にしごかれた父との手合わせの話をするフィンの表情には、憎しみが浮かぶ。

兄のライカばかりを贔屓し、フィンには辛く当たっていた父への憎しみを思い出したのだろう。

「壮絶ですね」

『絶対零度』の四つ星レアスキルを授かってからは、一度も手合わせしてないけどね。きっと僕に負けるのが怖いのさ」

「そりゃそうですよ！　フィン様の『絶対零度』に勝てる者などおりません」

「はっはっは。そりゃそうか」


馬車の中でそんな談笑をしていると、やがてオーレスの街へと到着する。

「さあ、魔獣のスタンピードなんてさっさと片付けて、凱旋《がいせん》しよう」

「はい！　作戦はいかがしましょう」

「作戦なんていらないよ。いつも通りただ駆逐する。それだけだよ」

「さすが、次期公爵様の器ですね。はははははは」

日頃からホワイトス領付近の魔獣を討伐しているフィンたちは、慢心していた。

オーレスの街へ馬車で入っていくフィンたち一行は、堂々と街の大通りを進んで行くが、一切魔獣と遭遇しない。

「なんだ。魔獣はもう去ってしまったのか。つまらないなぁ」

しかし、フィンの考えは的外れであった。魔獣の群れは建物の陰や屋内に隠れて息を潜め、逃げることができない場所までフィンたちを誘い込もうとしていたのだ。

油断して進んでいると、突然、二体の魔獣が馬車を引く馬たちに飛びかかり、喉笛に咬み付く。

魔獣を振り払おうと暴れる馬は、馬車を激しく揺らす。

「襲撃か！　お前たち！　外に出ろ！　応戦するぞ」

フィンの放つ『絶対零度』の氷の刃は軌道上の魔獣たちをいとも簡単に貫く。

それに続く、部下たちの放つ炎や真空の刃も、次々と魔獣を骸《むくろ》へと変えていく。

フィンたちを取り囲む魔獣は一瞬のうちに駆逐された。

「ははは。魔獣に申し訳なくなるくらい楽勝だな」


それからも第二波、第三波と魔獣の群れが襲いかかるが、同じように蹴散らしていく。

「はぁはぁ。いつまで続くんだ……もう一時間以上戦いっぱなしだぞ」

フィンたちは満身創痍だった。第二十五波を超えた頃、遂に限界が訪れる。

『絶対零度』〝氷の刃〟」

……

フィンのスキルが発動しない。

「くっ」

「フィン様、我らも限界です。一時撤退しましょう」

「くそっ！　街の出口に走るぞ！」

フィンたちが乗っていた馬車の御者は、既に魔獣に食いちぎられて絶命している。

御者の亡骸を飛び越えて、街の出口へと駆けていくフィンたちは、焦っていた。

フィンたちを追いかける魔獣の群れは、じわりじわりと獲物を追い詰めるように追随《ついずい》してくる。

「出口が見えてきたぞ」

「フィン様、だめです。出口を魔獣の群れが塞いでいます……」

「くそ！　こっちだ」

フィンたちは進路を変更し、街の東南にある広場へと向かう。

「広場のあの建物に逃げ込んで、体力を回復しよう」

しかし、それは叶わない。

待ち伏せしていた魔獣たちに挟まれ、広場の中心辺りで百体以上の魔獣に囲まれてしまったのだ。

「……なんとかこの魔獣の壁を突破しなければ」

フィンは冷や汗を垂らしながら呟く。

「フィン様。私が囮《おとり》になりましょう。その間に逃げてください」

部下の一人が、命を賭して活路を見出そうとする。

「ふ……ふふふ。良い心がけだ。お前の家族には一生食べていけるだけの報酬を与えるから、僕のために死んでくれ」

しかし次の瞬間、更に二百体以上の魔獣が広場へと押し寄せてきた。

「くそっ！　なぜだ！　なぜこんなに魔獣が集まってくるのだ」

満身創痍のフィンは、膝をつき観念したかのように絶望した表情を浮かべた。

「こんなはずじゃなかった。僕は……こんなに惨めに死んでいくのか」

フィンの目に薄らと涙が浮かぶ。

「せっかく、兄上を超えて家督を継げるようになったのに……」

次の瞬間、魔獣の動きが止まり、その視線がフィンたちから逸れる。

「な……どうしたんだ？」

フィンは、魔獣たちの視線を追う。そして、その先に立っていた少年の姿に唖然とした。

「フィ、フィン！」

「あ、兄上……なぜ」

◆◆◆

魔獣のスタンピード討伐計画も大詰めだ。

僕たちは計画通り魔獣を広場へと追い込んだ。そこでは、なんと弟のフィンと四人の剣士が魔獣に囲まれていた。

驚いた。まさか、こんなところで再会するとは思ってもいなかった。

「フィン！」

「あ、兄上……なぜ」

フィンも驚いている。まるで死んだ人間を見るような顔だ。

僕はフィンとの間に蠢く魔獣を薙ぎ払いながらフィンの元へと辿り着く。

「大丈夫か！　フィン」

「あ、あぁ。あ、兄上……なぜここに」

「危ないところだったね。でも、もう大丈夫だよ、フィン。あとは僕に任せろ」

いくら四つ星のレアスキル持ちがいても、この数の魔獣を相手にたった五人では苦しかっただろう。

もう少し僕たちの到着が遅かったらフィンはやられていただろう。間に合って良かった。

と思った瞬間――

背中に衝撃を感じた。

「ありがとう。兄上。助かったよ」

フィンは魔獣の群れの中に僕を蹴り飛ばす。

「な!?」

「あははは。僕のために死んでくれ！　兄上」

魔獣は体勢を崩した僕に襲いかかってくる。その隙にフィンと剣士たちは広場の外へと逃げ果《おお》せた。

魔獣の攻撃に必死に対処しながら、僕の中には怒りが沸々と湧き上がる。人を犠牲にしてでも自分が助かろうとするフィンの行動。弟への嫌悪感が僕の中で膨らむ。

「ライカ様、大丈夫ですか！」

ニャーメイドさんが僕の周囲にいる魔獣を一掃する。

「ありがとう。ニャーメイドさん」

「ガッハッハッハ。あれがライカの弟か。面白いやつよ」

お腹に響く図太い声は、マタタビ石を食べた白虎から発せられた。

「まさか弟から足蹴にされるとは思わなかったよ」

「さもしく、あさましい。いつの時代もああいう人間がいるものだな」

昔は可愛い子だったのに。変わってしまったな、フィン……

「さて。魔獣たちをさっさと片付たら、お前の弟をつかまえて説教してやろうか」

「そうだね。でも、この数の魔獣相手に大丈夫？」

「我を誰だと思っておる。伝説の四聖獣、白虎ぞ！」


このあと繰り広げられた白虎対数百体の魔獣の戦いは、もはや戦いと呼べない一方的な蹂躙だった。

白虎の後ろには、魔獣たちの無数の死骸が転がっている。

広場は魔獣たちの血で赤く染まった。

どうやら、ここからは僕やニャーメイドさん、眷属たちの出番は無さそうだ。

あっという間のことだった。

まるで、世界を滅ぼす嵐が目の前を通り過ぎたかのようだ。

白虎の体は魔獣の返り血で赤く染まり、牙を剥く顔は笑っているかのように見える。

「すごいな……」

僕は思わず呟く。

「エエ。さすがは白虎様デス」

白虎の勝利の咆哮は次第に小さくなっていく。

「ガルルル。久々にいい運動になったぞ」

静けさを取り戻した広場。

魔獣の死骸の山の上に立つ巨大な白虎を、月の明かりが照らし、その姿をくっきりと浮かび上がらせる。

その影は徐々に小さくなり、小白虎へと姿を変えていく。

「僕、ちょっと引いちゃったよ……小白虎」

「四聖獣たるニャレの恐ろしさがわかったか」

「うん。いつもバカにしちゃってごめんね」

「ニャハハ。よいよい。わかればよろしいのニャ」


魔獣を全て討伐した。これで、難民キャンプの皆もこの街に戻ってこられるだろう。

街の様子を見ると、食料は食い尽くされているが、幸い建物の損傷は少ない。

この分ならば復興にも、それほど時間はかからないはずだ。

「さて、難民キャンプの皆の食料として、魔獣を運べるだけ運ぼう」

街の外で待つ料理長さんとマウラさんを呼びに行くと、呆れるような光景を目にする。

僕を足蹴にして逃げたフィンたちは、僕らの馬車を奪うために料理長さんとマウラさんに剣を向けていたのだ。

「おい、フィン！　何をしているんだ！」

「あ、兄上……貴様、なぜ生きている」

「そんなことはどうでもいい。なぜ、お前は僕らの仲間に剣を向けているんだ」

「うるさい！　逃げるためだ」

開き直るフィンに僕は呆れる。昔は優しい子だったのに……父上のイメージがフィンに重なる。表情まで父上に生き写しだ。

「なぁ、フィン。君が生まれた頃からお世話になっている料理長さんに、よく剣を向けられるな」

「僕の命が懸かっているからな。こんな元使用人なんてどうでもいい！」

「フィン！　いい加減にしろ」

「うるさい！　無能の〝ユニーク過ぎる〟が！」

「このバカ弟が！　ふふふ。お兄ちゃんがお仕置きをしてやるとするか」

自分がこんなに怒ることができるなんて思わなかった。僕の体中を怒りと苛立ちが満たしていく。

「なんだ？　無能な兄上が四つ星レアスキルの僕に勝てると思っているのか？」

「ああ、見せてあげるよ。お兄ちゃんの六つ星ユニークスキルをね」

僕は双剣を構え、フィンと対峙する。

「皆、手を出さないでね！　これはただの兄弟喧嘩だから」

小白虎のニヤニヤした顔が視界の端に映る。

「兄上、後悔しても遅いぞ。僕は体力も回復している。兄上の宴会芸で勝てると思っているの？」

「口喧嘩がしたいのかい？　剣士なら剣でかかってこい！　フィン」

「望み通り見せてやるよ。死んでも知らないからな」

フィンは剣を構えスキルを発動する。フィンの持つ剣が冷気を纏い青白い光を放つ。

「『絶対零度』〝氷の刃〟」

分厚い鋼鉄を貫く威力を持つ、鋭い氷の刃が僕に襲いかかる。

「『ダウジング』〝氷の刃〟」

スキルで氷の刃を指定すると、僕の双剣が襲いかかってくる全てを自動的に弾く。

「なっ！　僕の攻撃が弾かれただと⁉」

「もう終わりかい？　フィン。大したことないな」

「ふざけるなっ。この出来損ないの雑魚が！」

フィンは先程より更に大きい氷の刃を次々に繰り出す。

だが、僕にとって大きさや数は問題ではない。

先程と同様、『ダウジング』を纏った僕の双剣は、フィンの攻撃を次々に叩き落とす。

僕は氷の刃を次々と振り払いながら、フィンとの距離を詰めて行き、剣が直接届く距離まで近付いた。

「フィン！　しっかり防御しろよ」

僕は振り上げた双剣をフィンの頭上に振り下ろす。

フィンは剣を水平に構えるが、僕の剣圧に耐えられずに、潰れたカエルのように地面に転がる。

「懐かしいだろ。フィンはよく父上との修練でこれをやられていたな」

苦痛な表情を浮かべながらフィンが立ち上がるが、体勢を立て直す前に僕が追撃を与える。

「ほら、もう一回だ。踏ん張れよ」

フィンは僕の振り下ろす剣圧で再度、潰れたカエルになる。

「立て！　もう一度だ」

何度も、何度も、繰り返す。

大したダメージはないだろう。しかし、無様に地面へ這いつくばることで、フィンのプライドは削られていくはずだ。

それでも僕は同じ攻撃を繰り返す。何度も、何度も。フィンの心が折れるまで。

「フィン、お前は井戸に居るカエルと一緒さ。心を入れ替えて、昔のように素直に頑張れ」

地面に這いつくばり、悔しそうに下唇を噛みしめるフィンに背を向け、馬車へと向かう。

「兄上のくせに……兄上のくせに……『絶対零度』〝氷牙《ひょうが》の嵐《あらし》〟」

僕の周りを三百六十度囲む無数の氷の牙が、回転しながら飛んでくる。

激昂するフィンが叫ぶ。

「僕の最強最大のスキルで殺してやる。死ね！　兄上！」

おびただしい数の氷の牙が僕に襲いかかってくる。

辺りは冷気の霧と土埃が混じり視界が遮《さえぎ》られる。

次第に霧と土埃が風に流され視界が晴れると、無傷で立つ僕を見たフィンが驚愕の表情を浮かべる。

「な、これでも傷一つ負わないのか……化け物か？」

「今のは殺す気満々だったね。フィン、僕も本気でやろうか？」

腰を抜かしてガタガタと震えるフィンに言い放つ。

「いえ……兄上には……敵い……ません」

恐怖で震えるフィンを僕はしばらく見下ろす。

ガチガチと奥歯を鳴らすフィンに背を向けて、僕は馬車に乗り込んだ。

一部始終を見ていた料理長さんと小白虎が、嬉しそうに僕に話しかけてくる。

「ライカ坊っちゃん！　さすがでございます」

「ニャははは。ライカの弟、心がポッキリ折れてたニャ。爽快爽快ニャ」

「スキルを使いこなせてきたおかげさ」

僕自身、こんなにも圧倒できるなんて思ってはいなかった。『ダウジング』を使いこなして戦いを楽しんでいる自分がいることを知った。

「『ダウジング』って非戦闘用のスキルニャぞ……これで戦うやつなんて、多分ライカが初めてニャ」

「え？　そうなの」

古より『ダウジング』を授かった者は、四聖獣への供物を探す司祭になるのが慣例だったらしいから、小白虎の言うように、戦闘に使う者がいなかったのも納得できる。

「司祭が戦ってたらおかしいニャろ」

「ははは、たしかに」

「さて、難民キャンプに魔獣肉を届けましょうか」

料理長さんが積み込みの作業手順を説明し、皆に指示を出す。

「よしきた！　さっさと積み込んでしまうか」

マウラさんが袖をまくり気合を入れ、多くの魔獣を積めるように荷馬車の幌《ほろ》を取り外す。

僕たちが総出で魔獣を血抜きして馬車に積み込むと、車輪が地面に埋まるほどの重量になった。

積み込みきれない魔獣肉は眷属たちが運ぶ。

「よし、難民キャンプへ行こう」

マウラさんの鞭を合図に、ずんぐりむっくりのロバートが軽々と重い荷馬車を引っ張り始めた。

難民キャンプに着くと開口一番、僕は高らかに戦果を告げる。

「皆さん、街の魔獣は全て倒してきました」

難民キャンプに居る人々の目は生気を取り戻し、歓声が上がる。

「今日は僕らが食事を振る舞います！　皆さん、たくさん食べてください」

空腹に耐えてきた民衆が沸き立つ。

僕たちは早速もう一つの大仕事、難民全員分の食事作りに取り掛かる。

魔獣の肉を運び終えた眷属たちは、ここで次々崩れ去っていった。

「あ、眷属たちが消えちゃった。今回は、ニャーメイドさんみたいな眷属は生まれなかったね」

「ウニャ。よくわからニャいが、コイツは特別なのかもニャ」

難民キャンプの中で、大がかりな調理ができる場所に移動してきた。

「さて、魔獣を捌《さば》きましょうかね」

「ねぇ、料理長さん。魔獣を捌くのって大変？」

「はい、それはもう。一体捌くとナイフがボロボロになってしまうんです」

たしかにそれはそうかもしれない。スキルなしだと剣が通らないほど魔獣は硬い。捌くのにコツがあったとしても容易にできることじゃない。

「お！　そうじゃ、料理長に良いものを作ったんじゃ。ほれ！　これを使ってみんさい」

マウラさんが、懐から布に包まれた物を取り出し、料理長さんに渡す。

「こ、これは……？」

「ダウジングロッドを作った時に、余った白虎様の爪で作った包丁じゃ！」

料理長さんが包丁を鞘から抜くと、鋭い刃がきらりと光る。

「なんと、美しい。こんな包丁見たことがない」

料理長さんがこの包丁で解体していくと、魔獣はまるで豆腐を切るかのようにスルスルと捌かれていった。

「マウラさん、この包丁は素晴らしい！　ありがとうございます。大切に使わせていただきます」

魔獣を捌いていく料理長さんはさすがの腕前で、次々とブロック肉が出来上がる。

難民に配られる肉は各々《おのおの》が熾《おこ》した焚き火で焼かれ、難民キャンプ全体が肉の焼ける香ばしい匂いに包まれた。まるで国を挙げてのお祭りのように賑やかだ。

長らくこの難民キャンプで生活していた人たちは、やっと我が家に帰ることができる。

人々の嬉しそうな笑顔を見ると自分のしたことが誇らしく思えた。

その後、僕たちは人々が街へ戻っていくのを見送ってから帰路に就いた。


屋敷に帰ってから二日が経った。

魔獣討伐で負った背中の傷は意外と深く、動けるものの、まだ完治していない。

僕が部屋でニャーメイドさんに包帯を替えてもらっていると、料理長さんがやってくる。

「ライカ坊っちゃん。オーレス子爵から感謝状が届いておりますよ」

料理長さんが手紙を読み上げる。

その内容は、この度オーレスの街を救ったことへの感謝、難民キャンプでの食料提供への感謝。

とにかく感謝だらけだった。

「改めてオーレス子爵がこの屋敷にお礼にいらっしゃるとのことです」

「ニャーーー。そういえばマタタビ石をもらい忘れたニャ。そいつに持って来させるニャ」

午後は特にやることもないので、庭先にオーレスの街で討伐して持ち帰ったイビルボアを吊るし、料理長さんが毛皮を剥いでいく様子を、小白虎と見学させてもらった。

「捌くのうまいなぁ。さすがだね！　料理長さん」

「いえいえ、これもマウラさんが作ってくれた猫さんの爪の包丁のお陰です」

「どうニャ？　ニャレの爪の使い心地は」

嬉しそうに小白虎が料理長さんに問いかける。

「はい。とても素晴らしいです。研がなくても切れ味が落ちない。普通の包丁じゃ、こうはいかないんです」

「ニャはは。そうニャろそうニャろ。ニャレの爪にかかれば魔獣なんぞ細切れニャ！」

小白虎は自分の爪が褒められて、ご満悦といった様子だ。

「私の宝物にいたします。猫さんとマウラさんには本当に感謝しております」

「うむ。お前はニャレのためにいっぱい美味しいものを作ってくれるからニャ。ご褒美ニャ」

「ありがたき幸せです。今夜もこのイビルボアで美味しい料理を作らせていただきます」

「お料理ができましたよ。イビルボアのステーキ〜ハニージンジャーソース秋茄子を添えて〜でございます」

「わぁ。初めてのイビルボアだ！　美味しそう」

以前出会ったイビルボアは、マウラさんの窯で黒焦げになってしまって食べそびれた。

やっとありつけるイビルボアに、胸が高鳴る。

「憎きイビルボアめ！　ワシの鍛冶場の弔いじゃ」

イビルボアに前の鍛冶場を滅茶苦茶にされたマウラさんは、特別な想いがあるようだ。

「それでは皆様、お召し上がりください」

「「「いただきます！　……美味ぁぁぁぁぁぁぁぁ」」」

皆の声が重なる。絶品だ。表面はカリッと、中はしっとりとした舌触り。噛む度に溢れる肉汁は甘みがあり上品でしつこくない。

バターのコクとジンジャーの爽やかさがあとから追いかけてくる。

僕らは気の済むまでイビルボアを堪能した。

◇◆◇

ホワイトス領に徒歩で帰るフィンたち一行は、皆暗い顔をしている。

意気揚々と討伐に向かったはいいものの、魔獣たちに追い詰められた。

更にはずっと見下していた兄に助けられ、一対一で完膚《かんぷ》なきまでに叩きのめされた。

「兄上め……あの異常な強さはなんなんだ。六つ星のユニークスキルを使いこなしているのか……」

「フィン様がまったく歯が立たないなんて……あ、すみません」

同行した剣士の一人が、しまったという顔をする。

「いや、その通りだ。事実まったく相手にならなかった。ホワイトス家を追放されたくせに……覚えてろ。いつか仕返ししてやる」

しかし、フィンは汚れて土だらけになった顔を拭きながら静かな声で呟いた。


ホワイトス家に着いたフィンたちが屋敷に入ると、ホワイトス公爵が出迎えた。

「さすが我が跡継ぎだ！　此度《こたび》の魔獣討伐、大儀であったぞ」

なんのことだかわからないフィンがきょとんとしている。

「え……ぼ、僕は」

「何を時化《しけ》た面をしているのだ。ホワイトス公爵令息がオーレスの街を救った噂は既に、このホワイトス領にも伝わっているぞ」

「いえ、僕は……実は」

否定しようとするフィンの肩を抱き、応接間へと誘導するホワイトス公爵が、他の剣士に声を掛ける。

「お前たちもよくぞフィンを支えてくれた。褒美を取らすゆえ、ついて参れ」

応接間の豪華な革張りのソファに腰を掛けると、使用人が人数分の紅茶を持ってくる。

「フィン、お前の父であることが誇らしいぞ！　今この西方の地は、お前の噂で持ち切りだ」

「あ、はい……」

「白馬に乗った公爵令息か！　画になるではないか。まさか、私の愛馬に勝手に乗っていくとはな。良い良い。あの白馬はお前にやろう」

部下がフィンに耳打ちをする。

「フィン様。どうやら皆、フィン様とライカ様を間違えてらっしゃるようですね」

「ああ」

「このままフィン様の手柄にしてしまいましょう」

一瞬、フィンは考え込む。

「いや、でも」

「今更ライカ様の話を出しても、公爵の機嫌を損ねるだけですし」

「そ、そうだな」

ご機嫌なホワイトス公爵が思い立ったように宣言する。

「次の休日は英雄フィンのために盛大に宴を催すこととしよう。周辺の貴族たちにも伝えよ！」

四日後に行われた宴には、多くの貴族や大商人が集まった。

ずっと抱えていた魔獣のスタンピード問題の一つが解決し、皆、活気に溢れている。

「今日はお集まりいただき感謝する。オーレスの街を救った我が息子フィンと、その従者たちに拍手を！」

盛大な拍手と歓声が、ホワイトス公爵家の宴会場に響き渡る。

乾杯が終わり各々が談笑する。フィンたちも来賓に囲まれて武勇伝を語っている。

勿論、ライカの手柄を横取りし、捏造《ねつぞう》された武勇伝をだ。

数人の貴族がホワイトス公爵を囲む。

「ホワイトス公爵、先日は責め立ててしまい申し訳なかった」

「いや、構わんよ。過ぎたことだ。我が息子がそなたたちの願い通り、魔獣どもを駆逐したしな」

自慢気に笑うホワイトス公爵は、終始上機嫌だ。

「そういえば、自分の治める街を救ってくれた英雄の宴に、当のオーレス子爵が参加されていませんな」

「なんだと？　なんと恩知らずな。まぁ、復興で大変なのだろう。今回は目を瞑るとしよう」

ホワイトス公爵は機嫌を損ねそうになるが、敢えて器の大きさを見せたのだった。


ホワイトス公爵がフィンを呼ぶ。

「よし！　此度の功績を称えて、お前に褒美を取らせよう」

ホワイトス公爵は一度宴会場を出ると、大きな箱を持つ使用人たちと共に戻ってきた。

皆に静粛にするよう声を上げる。

何が始まるのかと目を見張る来賓たちは、フィンとホワイトス公爵の通り道を作る。

「これは、フィンがホワイトス公爵家の当主になった時に渡そうと思っていたのだがな。良い機会だ。フィン。こっちへ参れ」

フィンがホワイトス公爵の前に跪《ひざまず》く。

皆が注目する中、もったいぶった口調でホワイトス公爵が説明をはじめる。

「これは我が家に伝わる家宝。古の時代、この地を守護する白虎が大切にしていたという宝玉のペンダントだ。受け取るが良い」

箱から取り出されたペンダントの宝玉は、吸い込まれるような深い緑色をしている。

「おお！　なんと美しい」

「これがかつて、この地を守護していたという四聖獣の宝か！」

ホワイトス公爵は跪くフィンの首にペンダントを掛ける。

「まだあるぞ。これはな、我が家に伝わる宝刀だ」

続けて、一振りの剣を取り出す。

「あれは！　ホワイトス公爵が戦場の英雄と謳われた時に使っていた白虎の剣ではないか！」

「今のお前にふさわしい剣だ。この剣で斬れぬ物はない。受け取るが良い」

フィンは跪いたまま、両の手で剣を受け取る。

「ありがとうございます。父上」

フィンが白虎の剣を抜き、剣身を天にかざすと盛大な拍手がフィンに送られた。

「フィンが成人したら私もいよいよ引退だな。ハッハッハ」

「公爵はお気が早い。まだまだ、西の地のためにご活躍していただきますぞ」

近くにいた貴族が機嫌取りに声を掛ける。

「ハッハッハ」

この日、ホワイトス公爵家での宴は夜遅くまで続いた。

◇◆◇

「念願のイビルボアは本当に美味しかったね」

「ウニャ。イビルボアのぼたん鍋は最高だったニャ。毎日でも食べたいニャ」

「次はどんな美味しい魔獣が食べられるかなぁ」

この日も僕と小白虎とニャーメイドさんは、美味しい魔獣探しのために森を探索している。

「ライカはすっかり魔獣料理にハマったニャ」

「うん。魔獣肉と料理長さんの腕が合わさったら誰も逆らえないよ。反則さ」

「ウニャ。ニャレが人間風情の食べ物で魅了されてしまうニャんて。あやつは只者ではないニャ」

小白虎は料理長さんのことを随分と気に入っており、最近では料理長さんの膝の上で撫でられながら昼寝をするくらいだ。

プライドの高い小白虎が、「猫さん」と呼ばれても気にしないくらい懐いている。

「そうニャ！　アウズンブルが食べたいニャ！」

急に小白虎が大きな声を出す。

「アウズンブルって何？」

「んー。牛みたいな魔獣ニャ」

「牛かぁ。それは美味しそうだね」

思い出したように、目を輝かせる小白虎の表情が曇った。

「……でもあいつは凶暴だから気をつけるニャ。昔、昼寝してたら突進されて、尻を怪我したニャ」

「牛に襲われる四聖獣って……情けないなぁ」

「あいつはなんにでも突進してくるニャ」

大したことないように言っているが、白虎状態の体に怪我を負わせるほどの突進力だ。人間がやられたらひとたまりもないな。

「ここらへんにいる魔獣なの？」

「ウニャ。群れでいることが多いし、すぐ見つかるニャろ」

「よーし！『ダウジング』〝アウズンブル〟」

ダウジングロッドが反応し、東北の方角を指している。

「北の地の方向だニャ」

「そういえば、北の地は玄武が守護聖獣なんでしょ？　小白虎は会ったことある？」

「ああ、あの化け亀のことかニャ。勿論あるニャ。もう千年ほど前になるがニャ」

小白虎が懐かしそうに宙を見つめている。四聖獣同士って仲が良いのかな。

言葉を交わしながら東北に向かって進んでいると、突如、一体の魔獣が僕たちの眼の前に飛び出してきた。

「うわっ！　でっかい鹿だ」

「ヘルディアっていう魔獣ニャが……おかしいニャ」

「何がおかしいの？」

「この魔獣、北の地に棲んでる魔獣なんニャ」

近年、魔獣が増えてはいるが、違う生息地の魔獣は確認されていないはずだ。

「何かに追われているか、縄張りを奪われたか……とにかく普通じゃニャさそうニャ」

「で、小白虎。このヘルディアってのは、美味しい？」

「ニャハハ。ウニャ。こいつも美味いニャ」

「よーし！　今日は鹿料理だ！」

僕は剣を飛ばし、一撃で心臓を刺す。これが美味しい肉を手に入れる秘訣だ。『ダウジング』は狩りに向いている。

美味しい夕食のため、心の中で「いただきます」と唱え、ヘルディアに駆け寄ろうとした次の瞬間――

無数の火の玉がヘルディアに命中する。

「なっ！　僕らの獲物が……」

ヘルディアの背後から十名ほどの剣士が現れた。

「わわっ。子供がいたのか！　すまんな。驚かせてしまって。大丈夫だったか？」

出《い》で立《た》ちからすると、魔獣討伐をしている剣士だろう。

この隊を率いる隊長らしき剣士が話しかけてくる。

「我らはタートリアの剣士部隊だ。女と子供……と猫だけでは危険だぞ」

「オ構いなく。大丈夫デス」

ニャーメイドさんが答える。

「そうか、とにかくこの辺りは魔獣が増えているのだ。すぐに森から出なさい」

悪い人たちでは無さそうだ。

「うん。ありがとう。そうするよ」

「そうだ、もしもの時のためにこれをあげよう。奇跡の秘薬だ。怪我をしたら使いなさい」

「ありがとう。高価そうな物だけど……いいの？」

「ああ、我が剣士部隊にはたくさん配給されるからな」

奇跡の秘薬を僕に手渡すと、剣士たちは去っていった。またここら辺の魔獣の討伐に向かったのだろう。

「あぁ……ヘルディアが黒焦げだよ……」

「あいつらめ……せっかくの獲物が台無しニャ」

「しかし、なぜタートリア領の剣士がこんなところまで」

「あれは討伐じゃニャくて、他の領地に追いやってる感じだったニャ」

「ということは、オーレスの街のスタンピードもそれが原因なのかなぁ……」

「ウニャ……そのうちオーレスの街みたいなことが増えるはずニャ。ニャレには関係ないがニャ」

「ワタシはいっぱい美味しいものを食べられるなら、スタンピード大歓迎デス」

とことん自分勝手なやつらだな。そういう僕も毎日美味しいものを食べるために狩りをしているわけだけど。

「さっきの秘薬だがニャ、多分『癒やし』のスキルを持ってるやつの作ったものだニャ」

「『癒やし』……たしか僕が神託を授かった時に、『癒やし』を授かった女の子がいたな」

「ライカ、まだスタンピードの時の背中の傷が完全に治ってニャいだろ。さっそく使ってみるニャ」

「ワタシがかけましょう。ライカ様、服をお脱ぎくだサイ」

ニャーメイドさんに奇跡の秘薬をかけてもらうと、鈍痛と傷跡があっという間に無くなった。

「おおおおお。すごい！」

「ウニャニャ……こんなに効果があるニャんて……ライカ。そやつの星いくつニャ？」

「五つ星だよ」

小白虎の顔色が変わった。何やら考えごとをしているようだ。

「……六つ星の『ダウジング』と五つ星の『癒やし』の発現……絶対おかしいニャ」

僕らが狩りを終えて屋敷へと戻ると、料理長さんの美味しい料理が用意されていた。

普段なら、一番最初に料理に飛びつくのが小白虎だ。しかし、今日は食事にも顔を出さずに寝床に籠もっている。あの食いしん坊が食事をしないなんて、不思議なこともあるものだ。

第五章　剣士部隊の指南役

次の日、僕らの屋敷に数台の馬車が到着した。

先日救った街の領主、オーレス子爵が感謝の意を伝えるために僕の所へ来たのだ。

この屋敷には応接間が無いため、談話室へと案内する。

初めての客人だからなのか、この屋敷に住む全員が談話室にそろった。

「初めまして、ライカです」

「お初にお目にかかります。オーレスの街を治める子爵のオーレスと申します」

オーレス子爵は深い礼で、丁寧に挨拶をしてくれる。

「わざわざ来ていただいて恐縮です」

「街を救っていただいたのです。当然のことですよ。ところでライカ殿、失礼かとは存じますが、建物はご立派ですが、なんか、こう……こぢんまりとした屋敷ですな」

「あはは。ホワイトス家の不要になった別荘を改築したので。それに住んでいる人数も少ないので、これで十分なんです」

「ホワイトス家！　ホワイトス公爵と縁《ゆかり》があるのですか？」

僕がホワイトス家の長男だとは知られていなかったのか。

「あ、僕はホワイトス公爵家長男のライカ・ホワイトスです。もう勘当されてしまっていますが」

「なんと！　我が領では、白馬に乗ったホワイトス公爵令息が街を救ってくれたと聞きましてな。しかし、ライカ殿はホワイトス家とは関係ないと思っていましたので、不思議だったのです」

「難民キャンプの中に、僕のことを知っていた人がいたのかもしれませんね」

ただ、白馬？　……ロバートのことかな。

オーレスの街を救ったのが、ホワイトス公爵令息であるという噂が流れているらしい。オーレス子爵は、どこで話が食い違ったのかと思っていたそうだ。

「さようでしたか。この度は我がオーレスの街を救っていただき、誠にありがとうございました。改めて感謝申し上げます」

オーレス子爵は胸に右拳を当て、右足を下げながら深々とお辞儀をする。貴族の最敬礼だ。

「避難されていた皆さんはもう、無事街に戻れたんですか？」

「ええ、お陰様でなんとか。元の暮らしをするために日々奮闘しております」

難民キャンプで、心身ともに疲れ果てていた人たちが救われたのなら良かった。

「我がオーレス領は、昔から鉱山の採掘で栄えておりまして、今回の謝礼として、貴重な鉱物を持参いたしましたので、どうかお納めください」

「そんな、謝礼だなんて……」

「屋敷の近くに、鍛冶場があるのを見ました。我が領の鉱物はお役に立てるかと」

「ああ、ワシの自慢の鍛冶場よ」

少し離れた位置で話を聞いていたマウラさんが、腕組みをして自慢げに言う。

「まさか、そなたはドワーフか」

オーレス子爵は、マウラさんを見ると驚いた表情をした。

「おう！　ようわかったの」

「先々代の頃、あるドワーフに採掘の仕方を指南してもらったという記録が残っておってな。以来、年始めにはそのドワーフに感謝する祭りをしているくらい崇めておるのだ」

「なんと！　それは、尻がむず痒いのう」

「マウラさんのことじゃないでしょ！」

なぜか照れたような反応を見せるマウラさんに、僕はツッコミを入れる。

「い……今、マウラと仰ったか！」

オーレス子爵はマウラさんの名前を聞くと、驚き立ち上がる。

「ああ。マウラはワシの名前じゃがそれがどうした」

「もしや、アマツ村のドワーフの……」

「ほう。よう知っとるの。アマツのマウラとは、ワシのことじゃ」

「なんということだ。私は、マウラ・オーレスと申します」

先々代のオーレス子爵は、鉱山の採掘に画期的な革命を起こして成り上がった貴族だった。

若き日に出会ったマウラというドワーフに、採掘のいろはを教わったらしい。

その尊敬の念は、マウラという名を孫に付けるほどであった。

「そうか。お前さんはあの小僧の孫じゃったか。いつもワシにくっついて来てな。頑張り屋のいい小僧じゃったわ」

「え！　マウラさんって、一体、今何歳なの？」

「うーん。二百歳は超えとるの。その先は数えておらんわ」

オーレス子爵はその場に跪き、マウラさんに頭を垂れる。

「ドワーフ風情にヘコヘコせんでもいいニャ。それより、人間。マタタビ石はちゃんと持ってきたであろうニャ」

いい加減待ちくたびれたのか、小白虎が口を開く。

「はい、二つほど。へ？　今喋ったのはこの小さな猫……？」

「誰が豆粒猫ニャー！　細切れにしてニャろうか」

「ライカ殿、この猫は一体……」

オーレス子爵は喋る小白虎を見て狼狽えている。

「あ……はは。実は、こいつ白虎なんです」

「白虎って……あの白虎ですか？」

「ええ、あの白虎です。数百体いた魔獣を殲滅させたのも、ほとんどこいつなんですよ」

オーレス子爵は、それからしばらく頭を垂れたのち、何度も感謝の言葉を告げて屋敷をあとにした。

来訪から二日後、新たにオーレス子爵からマタタビ石が送られてきた。

同封された手紙によると、マタタビ石は今やめったに採掘できない希少鉱石になってしまったとのこと。

その手紙の最後には、僕へのお願いが書いてあった。


——最後に大変不躾なお願いごとで恐縮ですが、我がオーレス子爵領の剣士部隊へ、魔獣討伐のご指南を賜りたく存じます。

何卒、よろしくおねがいします。

マウラ・オーレス子爵——

「ライカ、まさか、面倒みてやるつもりニャのか？」

「うん。またいつ魔獣が襲ってくるかわからないし、タートリア領の動向にも注意しないといけないからね」

「ほんとライカはお人好しニャ。マタタビ石探しか食材探しに行った方がマシだニャ」

小白虎は不服そうに言う。

「元はといえば、お前が白虎の力を失ったから魔獣が増えたんじゃないか」

「ウニャニャ……」

翌日、僕らは早速オーレスの街へと向かうため、馬車に乗り込んだ。

僕が剣を教えて、ニャーメイドさんが実戦練習の相手をするのがいいかな。

荷物をまとめて屋敷の外へ出ると、馬車に荷物を詰め込んでいるマウラさんがいる。

「あれ？　マウラさんも行くの？」

「ああ、子爵が火酒を用意しておくからいつでも来てくれと言っておったからな」

「お酒目当てなんだね」

「子爵の祖父《じぃ》さんが昔、よくくれた火酒が美味くてな」

マウラさんはその味を思い出したのか、うっとりとした表情で、垂れたヨダレを袖で拭く。

「もしかして、先々代のオーレス子爵に採掘のやり方を教えた理由って……」

「ああ、火酒をくれるけぇの」

「やっぱり！」

「動機は別になんでもええじゃろ。馬車に乗っていけるんじゃ。文句は言うな」

ずんぐりむっくり白馬のロバートは、オーレスの街に向かってゆっくりと進み始めた。

◇◆◇

復興が進むオーレスの街では剣士たちが噂話をしている。

「なぁ、聞いたか？　我ら剣士部隊の強化のためにホワイトス公爵令息、六つ星のライカ様が来るんだってよ」

「ああ。我らが逃げることしかできなかったあの数の魔獣を殲滅したお方だぞ」

三十名で組織されるオーレス子爵領の剣士部隊は、二つ星のスキル持ちを中心とした部隊で、隊長は三つ星だ。

ホワイトス領の剣士部隊の十分の一程の規模であるが、西の地では平均的な戦力だ。

「しかも伝説のドワーフ、マウラ様もいらっしゃるらしいぞ」

「本当か！　俺、剣作って欲しいなぁ」

「バカか！　伝説の鍛冶神《かじがみ》様が俺達ごときに剣を作ってくれるわけないだろう」

◇◆◇

「ライカ様だ！　ライカ様がいらっしゃったぞ」

僕たちがオーレスの街に到着すると、歓迎ムードで人だかりができている。

僕たちが来ることは、予《あらかじ》めオーレス子爵が告知していたのだろう。

街の入口には、僕とマウラさんの名前の入った垂れ幕まであるのが少し恥ずかしい。

オーレス子爵、白虎のことは伏せてくれたんだ。

伝説のドワーフだけでなく、白虎が実在したなんて知れたら、西の地だけでなく国中が大騒ぎになってしまうだろう。

街の中を進んでいくとオーレス子爵が出迎えてくれた。

「ライカ殿、遠いところをよくぞいらっしゃった。心より歓迎いたします」

オーレス子爵が最敬礼をしてくれる。

「オーレス子爵、こんなに歓迎してくれるなんて……なんだかお祭りのようですね」

「ええ。伝説のドワーフ・マウラ様もいらっしゃいましたので、今日をこの街の復活祭と制定しました」

なるほど。それでこの盛り上がりだったのか。

「ふん。ニャレのことを崇め奉るべきニャろ。実質ニャレが魔獣どもを駆逐してやったのニャ」

小白虎はふてくされているようだ。

「何言ってんだよ。伝説の四聖獣が存在したことが広く知れたら、大事《おおごと》だぞ」

「うニャ。それもそうニャな。しかもこんな情けない姿だしニャ……」

「そうそう。元の姿を取り戻してからさ！」

僕たちの会話を聞いて、オーレス子爵が微笑んでいる。

「元の姿といえば、ライカ殿のお陰で民も以前と同じ生活を取り戻しております」

「それは何よりです。先程街を見ましたが、色んな食材を売ってるのですね。料理長さんも来られたらよかったのですが」

「オ誘いしたのですが、鶏や羊の世話をするとのコトで……」

しばらく料理長さんの料理を食べられなくなるので、ニャーメイドさんが落ち込んでいる。

「そっか。じゃあ、帰りにお土産を買って帰ろう」

目を輝かせたマウラさんが、僕の袖を引っ張る。

「おい！　ライカ！　火酒じゃ。そこの店で火酒が売っておる。小遣いをくれんか」

「小遣いって……マウラさん、二百歳過ぎなのに」

マウラさんは僕が渡したお金を握りしめると、出店の椅子に座り込み火酒を注文する。

「ワシはここで飲んでおるけぇ、またあとでな」

「はいはい。ごゆっくり～」


人が溢れる街は活気がある。魔獣が溢れていた街だとは思えないほどだ。

「ライカ殿、明日から剣士部隊の指南をお願いしたいのですが、本日は祭りをお楽しみください。それと、私の屋敷にお泊まりになる部屋をご用意してあるので、後ほどいらっしゃってください」

「はい。ありがとうございます」

オーレス子爵と別れて街を歩いていると、フィンが襲われていた広場が見えた。

噴水があり、つい最近まで多くの魔獣の血と肉が飛び散っていたなんて想像できないくらい綺麗な広場になっていた。

僕たちは、屋台で魔獣肉の串焼きを買って、頬張りながら街を散策している。

「人間ってのはたくましいものニャな。ウニャ！　これはイビルボアの肉だニャ」

「そうだね。人ってすごいな。魔獣の肉をちゃんと食料にしちゃって、商売までしちゃうんだもん」


僕たちは一通り祭りを楽しんでから、マウラさんのところに戻った。

マウラさんは数人の男たちと火酒を酌み交わし、どんちゃん騒ぎをしている。

「おう！　戻ってきたか！　白虎様。良いものを見つけましたぞ」

「ウニャ？」

「マタタビ酒《ざけ》ですじゃ」

「なんニャ？　それは」

「ほら、どうぞどうぞ。ぐいっと」

マウラさんはマタタビ酒が入った徳利《とっくり》を傾けて、小白虎の前にあるお猪口《ちょこ》に酒を注ぐ。

クンクンと匂いを嗅ぐ小白虎が目を見開く。

「マタタビ石と同じ匂いニャ。う……うミャい！」

この地方に群生するマタタビの実を乾燥させ、酒に浸したマタタビ酒。鎮痛効果があるために、怪我をすることが多い鉱夫たちが痛み止めとしてよく飲むらしい。

マタタビ石と違って、白虎に戻れるようなものでは無いが、その匂いはとても似ているらしく、小白虎はうっとりとしながら、舐めている。

「お前らはこの街に一週間ほど滞在するんじゃろ？」

「うん。マウラさんはどうするの？」

「仲良うなったこの小僧たちに、剣を作ってやる約束をしちまってな。ワシはしばらくこの街の鍛冶場を借りて鍛冶仕事をするわい」

「ニャレもマタタビ酒の飲み歩きをして楽しみたいから、ドワーフとともに行動するニャ」

「ワシらはまだまだ飲み足らんけぇ、お前らは先に帰っててええぞ」

「まったく。わかったよ。あまり飲みすぎないようにね」

僕とニャーメイドさんは小白虎たちと別れ、オーレス子爵の屋敷に向かう。

訓練内容をどうするかなどはもう決めたので、明日に備えて早めにベッドに入った。


次の日、僕とニャーメイドさんは朝から修練場に足を運んだ。

「今日から一週間、皆の指南をするライカです。こちらはお手伝いをしてくれるニャーメイドさんです」

「「ライカ教官！　ニャーメイド教官！　よろしくおねがいします」」

「あはは。教官って……」

まずは剣術の修練から始める。

「――というわけで、皆がスキルを付与するのは剣。だから基礎は剣技にあるんだ」

「「はい！　教官」」

「まずは僕が相手になるから一人ずつ手合わせをしよう」

僕は早速、順に手合わせを進めていく。

「それじゃだめだ！　踏み込みが甘い」

「力みすぎだよ！　それじゃ剣に力が伝わらない」

「うーん。悪くないけど、当て感が悪い！」

最初の相手は部隊長。

剣撃を避けながら振り下ろした僕の木剣は、部隊長の内篭手に当たり剣を落とす。

「ま、参りました……」

「アテイラズ部隊長ですら相手にならないのか……ライカ教官、さすが六つ星だな」

剣士たちが口々に僕を褒める。しかし、そうじゃない。

「待って、違う。剣技に星の数は関係ないんだ」

スキルを使って戦う剣士にも、基礎となる剣技がなければならない。でなければ優れたスキルを持っていても、宝の持ち腐れになってしまう。

その後しばらくの間、僕は二人ずつ順番に兵士たちの相手をする。

「さて、剣技は明日以降みっちり修練するとして。休憩したら魔獣を想定した訓練にしよう！」

修練場を見回すと、疲れ果てた剣士たちが肩で息をしながら座り込んでいる。

この程度で限界なんて、弱いにも程がある……こんな体《てい》たらくで大丈夫なのだろうか。


午後、対魔獣訓練を始める。

ニャーメイドさんの戦い方は魔獣に近い。白虎の眷属だからだろう。

この訓練ではそのニャーメイドさんを魔獣に見立てて、五人一組でニャーメイドさんを攻撃する。

勿論スキルの使用も許可した。

「教官！　スキルを付与した剣が直撃したら、大怪我では済みませんが……」

部隊長が不安そうに言うが心配には及ばない。僕が本気で攻撃しても、ニャーメイドさんには一撃だって入れられないくらい彼女は強いのだから。

「構わナイ。ライカ様、ワタシは攻撃してもよろしいデスか？」

僕の代わりにニャーメイドさんが答える。

「え？　ああ、死なない程度にしてね」

「了解デス。さあ、来なサイ。人間」

剣士たちはニャーメイドさんを取り囲むと、各々がスキルを発動する。

火の玉や風の刃など、属性を帯びた攻撃がニャーメイドさんを襲う。

しかし、それらの攻撃が当たることはない。

疾風の如き速さで動き回るニャーメイドさんを、目で捉えることもできていない剣士たちが攻撃を当てられるわけがない。

「なんて速さだ！　まったく当たらない」

ことごとく空を切る攻撃、連携の取れていない剣士たちは、体力を削られて次々と降参した。

「攻撃するまでもなかったデスね。これなら屋敷の鶏の方がまだマシな動きデス」

「ははは。鋭い口撃だよ。ニャーメイドさん」

その後行った全組とも同じ結果で、ニャーメイドさんにしごかれ疲弊している。

「ま、まぁ、初日だし。明日からまた頑張ろう！　今日はお終い。お疲れ様でした」

「「「ありがとうございました……」」」

ぜぇぜぇと息を切らしながら修練場に転がっている剣士たちを置いて、僕らは屋敷へと戻った。


夕食の席で、オーレス子爵が、訓練の成果を聞いてくる。

「どうでしたか？　我が剣士部隊は」

「うーん。てんでダメですね。小さい頃の僕の弟より弱いです」

「公爵家のフィン殿といっしょにされたら、さすがに……」

「そういえば、今年は王都剣士大会の予選がありますね」

フィンの名を聞いて、領地対抗の王都剣士大会の存在を思い出した。

「ええ、我がオーレス子爵領の剣士部隊では、予選突破は無理でしょうがな」

「僕にお任せください。なんとか予選上位になれるくらいには鍛えてみますよ」

一剣士として、昔から夢に見ていた舞台だ。ホワイトス家を勘当されたので、出場はかなわないが、それでも指導者として陰ながら参加させてもらおう。

◇◆◇

「ニャあ、ドワーフ。ひまニャ。早く酒場に飲みに行くニャ」

「待ってくだされ、白虎様。あとちぃとで、今日の分の鍛冶仕事が終わりますすけぇ」
カンカンカン――マウラは一定のリズムで剣に金槌を振り下ろす。

「ニャぁ、ドワーフ……まだおわらニャいのか？」

「もうちぃとですけぇ。待ってつかぁさい」

カンカンカン――


「いい加減にするのニャ！　酒場が閉まってしまうじゃニャないか！」

「おお、たしかに。もう閉まってますな」

「ウニャーーー。ドワーフ貴様！　許さんニャ」

「ワシだって火酒が飲みたいんです！　よし、白虎様。明日は鍛冶仕事ほっぽり出して飲みに行きましょう」

「約束ニャぞ！　約束破ったら細切れにしてやるからニャ」


小白虎とマウラが朝から二人きりで、出かける準備をしている。

「今日は飲もうと言ったが、ニャにもこんな朝から出かけニャくても。ニャレはまだ眠いニャ」

「白虎様。この季節はいいものがありましてのう。騙されたと思って一緒に行きましょう」

「本当に騙したら細切れにしてやるニャ」

小白虎とマウラは街を出ると、鉱山の方へと歩いていった。

向かう途中、マウラが何やら草や実を採っている。

「ニャんだ？　ニャレは草なんて毛玉を吐く時にしか食べニャいニャ」

「これは、ワシの酒のアテ用のヤマゼリとムカゴですじゃ」

マウラは小白虎を頭に乗せ、どんどん山へと入っていく。

「よし、ここらへんか。白虎様は昼寝でもしとってください」

「なんニャ、ドワーフ。休憩でもするのかニャ」

渓流の近くでマウラは適当な枝を切り落とし、肩に掛けていた革の鞄から細い糸と釣り針を出す。

「ウニャ？　それは？」

「魚を捕まえるための針ですじゃ、昨日作っておったんですわ」

マウラは枝の先に針のついた糸を結ぶと、次は川の石を裏返す。

「岩の裏にいる川虫を針にくっつけて……ほれ！」

マウラが川の岩陰に針を落とすと、すぐにビクンっと木の枝がしなり魚がかかる。

「おお！　魚ニャ」

「昔、ドワーフの間で行われる魚釣り大会がありましてのう。ワシは毎年優勝候補じゃったんですわ」

「ドワーフは面白い遊びをしておったのだニャ。ニャレと魚釣りをするためにここまで来たのだニャ」

「いや、まだまだありますぞ。あと数匹魚を釣ったら、そちらもお見せしましょう」


小白虎とマウラにゆったりとした時間が流れる。

マウラは釣り竿を片付け、釣った大量の魚を魚籠《びく》に入れる。

「さて、今日の本当の目的地に行くとしますかな」

「ウニャ！」

マウラは林道から外れ、木々が生い茂る山へと分け入っていく。

「ここらへんじゃったかのう。お！　あったあった」

「ん？　何か落ちてるニャか？」

「アカマツタケですじゃ！　見てください、白虎様」

マウラは嬉しそうな顔でキノコを見せるが、小白虎は期待外れだったような表情をする。

「ニャんだ……キノコか。つまらんニャ」

「いやいや、白虎様。このキノコ、見たことありますかい？」

「キノコなんかには興味がニャいから、目にとめたことがニャいニャ」

マウラがニヤリと微笑む。

「ふふふ。三千年も生きていながら、これを知らぬとは。白虎様もまだまだじゃな」

「ニャんだと、ドワーフの小童《こわっぱ》風情が言いおるニャ」

それから三十本ほどのアカマツタケを取ると、少し開けた平らなところへ移動する。

マウラが石を利用して見事な竈《かまど》を作る。赤松《あかまつ》の倒木は乾燥していて質の良い薪となる。

熾った火が落ち着くと、マウラは鞄から網状の鉄板を取り出し竈へ載せる。

「さっきから丁寧にそのキノコを焼いてるが……ニャ！　ニャんだ、この匂いは……」

「ガハハ。どうですじゃ？　いい香りでしょう」

「ウニャ。ちょっと食べてみるニャ」

マウラはアカマツタケに手を伸ばそうとする小白虎を制止すると、革の鞄から酒や調味料を取り出す。

「ちぃとマタタビ酒を垂らして岩塩を振る。さっき採った柑橘《かんきつ》の汁を一滴っと。ささ、お召し上がりください」

「……ニャニャニャ！　これは美味いニャぁぁ」

「ガハハ、そうでしょう、そうでしょう。ささ、白虎様。マタタビ酒もぐいっと！」

小白虎とマウラは、秋のアカマツタケ焼きと焼き魚を楽しみながら、酒盛りを始める。

「ドワーフよ、ニャぜ今までこのキノコの存在を隠しておったのニャ」

「隠してなんていませんぞ。この季節しか採れないのんです」

「こんニャに美味いものが、よく人間に乱獲されないニャ」

「人間と違って、ワシらドワーフは、この赤松の炭で鍛冶仕事をしますでな。このキノコは赤松の木の下に生えるのんですが、人間はまだこの美味さに気づいておらんのんです」

「よし！　このキノコが採れる場所は、ニャレとドワーフ二人きりの秘密ニャ」

◇◆◇

僕とニャーメイドさんは、小白虎とマウラさんを捜して街を歩いている。

どうせどこかの酒場だろう。すぐにこの予想は的中した。

「あ、いたいた。小白虎とマウラさん、どこに行ってたの？」

「ちょ……ちょっと山を散歩していたニャ。あーそれより、ライカたちはどうニャ？　人間どもの訓練の方は」

どうも歯切れが悪いな。何か隠しているのだろうか。

「うーん。まだまだだね」

店の奥から、女将さんが料理を持ってくる。

「マウラ様、白虎ちゃん。ほら、さっきのキノコ焼いてきたわよ」

「ウニャ！　やっと来たニャ」

「これじゃ、これじゃ」

「わぁ、何これ！　すごくいい匂い」

今までに嗅いだことのない、なんとも言えない良い香りがする。

「ニャハハ。ニャレとドワーフで採ってきたアカマツタケってやつニャ！　食ってみるかニャ？」

「うん！　……美味いっ！　美味すぎる！　これどこに生えてるの？」

アカマツタケなんて聞いたことがないから、僕は小白虎に聞いてみる。

「それは内緒ニャ！　この地を守護する四聖獣として、人間風情に横取りされるわけにはいかんニャ」

「アカマツタケの守護をしてるだけじゃないか……」

「ニャンだとぉぉぉ！」

「お！　いい匂いがするな」

小白虎とじゃれていると、酒場に一人の剣士が現れる。

「あ、ライカ教官！　それに魔獣先輩《まじゅうせんぱい》！」

「え？　魔獣先輩？」

聞き覚えの無い名を耳にして、僕は思わず聞き返す。

「魔獣みたいに強ぇから、剣士部隊のやつらは陰でニャーメイドさんのことを魔獣先輩と呼んでいるんでさぁ」

「ナンででしょうカ、とても嫌な響きデス」

ニャーメイドさんのこめかみがピクピクしているが、剣士は気にせず話を続ける。

「マウラ様と白虎ちゃんも一緒に飲んでたんですかい！」

「おう。小僧も一緒に飲もうじゃないか」

「マウラさんたち、顔見知りだったんだね。しかも白虎ちゃんって」

「ああ。こいつは飲み仲間のトマスじゃ」

昨日飲み屋で知り合ったんだろうな。

「この喋る猫、自分のことを四聖獣の白虎だと言い張ってるおもしろ猫で、街で大人気なんでさぁ」

ニャーメイドさんから、殺気が溢れ出すのがビシビシと伝わってくる……

「貴様ラ……人間風情が白虎様に不敬な。次の訓練で命を落とすかもしれないデスね」

「ヒエッ！　勘弁してくだせぇ、魔獣先輩！」

「魔獣先輩と呼ぶナーーー」

ニャーメイドさんの咆哮は街中に響き渡った。

◇◆◇

ホワイトトス公爵家の修練場では、フィンが共にオーレスの街に赴いた剣士四人と朝から休むことなく厳しい修練を行っている。

「いくらフィン様でも、剣技だけで我ら二人を相手にするのは……」

「構わん。来い」

体中土にまみれたフィンが、木剣を杖にして立ち上がる。

「もっとだ。兄上の剣は二人がかりのお前らより速く、そして重かった」

休憩中の二人がコソコソと話している。

「ライカ様に負けてからというもの、フィン様はずっとあの調子だ」

「ああ、取り憑かれたように剣に打ち込んでおられる」

「相当、悔しかったのだろうな」

すぐに体力の限界を迎えたフィンが、修練場の真ん中で大の字に寝転んだまま言う。

「今日はここまでだ。また明日の朝、ここに来い」

「あ、あの、フィン様。明日は休暇を頂いていて……」

「うるさい！　これは命令だ」

不服そうに修練場をあとにする剣士たちが小さく呟く。

「チッ、どうかしてるぜ」


食堂で食事をするホワイトス家の人たち。

「フィン、またそんなに怪我だらけで。剣技の修練に励んでいるそうだな」

「はい父上。僕はまだまだ強くならなければならないのです」

「その調子だ！　誰もが刃向かえぬほど強くなれ」

ワイングラスを持ち上げながら、母親が口を挟む。

「そうよ、生意気な周辺貴族を黙らせてしまいなさい」

「ええ、母上。お任せください」

「血気盛んで才能もあり、努力する心も持ち合わせているなんて、お前はさすが我が息子だ。はっはっは」

翌日の早朝、修練場にある〝ペル〟と呼ばれる硬い木製の人形に斬撃を打ち込むフィンの姿があった。

フィンの足元には十本以上の折れた木剣が転がっている。

その本数が、修練の過酷さを物語っている。

「フィ、フィン様……」

「やっと来たか。始めよう」

フィンは虚ろな表情を浮かべ、剣士たちのいる方に体を向ける。

掌の豆は潰れ、両手から血が滴っている。

「さあ、皆……剣を持て」

構える前の精鋭たちに向かって、フィンは剣を振り上げる。

「ちょ、お待ちを……ぐぁぁぁ」

そして、容赦なく、叩き伏せる。

重傷を負った剣士たちは、立ち尽くすフィンの足元に倒れて気を失っている。

修練の様子を見に来たホワイトス公爵が、驚き駆け寄る。

「フィン！　これは、どういうことだ」

「父上……もっと、練習相手を雇ってください。こいつら相手では、僕は強くなれません」

「……フィンの向上心にも困ったものだ」

ひとまず自室に戻ったホワイトス公爵は、頭を抱えた。

「あなた、いかがなされたのですか？」

妻が心配そうに声を掛ける。

「フィンが我が領の剣士を次々と潰してしまって、金がかかってしょうがない」

「それなら、あなたの剣のお師匠様にお願いするのはいかがでしょう」

「元帥《げんすい》か！　名案だが、あの人は金の亡者だからな……どちらにしても金がかかってしまう」

しばらく考えたあと、ホワイトス公爵は決心した。使用人にフィンを連れてくるように命じる。

「まあ、良かろう。この国最強の公爵が誕生するのだ。フィンの代には他の公爵をも圧倒し、領地が増えるかもしれないしな。はっはっは」

ホワイトス公爵が若き頃。王都の剣士部隊長だった頃の総隊長、それが元帥だ。

知略と武に長けた人物で、ホワイトス公爵の剣の師匠。

後日、ホワイトス公爵は、近年隠居したその人物を招いて、教育係とすることをフィンに伝えた。

「ありがとうございます父上。ご期待に添えるよう精進してまいります」

「ああ。これでホワイトス公爵家も安泰だ」

フィンの心の闇は、日々大きくなっていく。

先日、フィンはオーレスの街で兄のライカに完膚なきまでに叩きのめされた。

更に兄の功績を横取りする結果になったが、その偽りの功績はフィンの心を雁字搦《がんじがら》めにし、泥沼にゆっくりと沈んでいくような劣等感を与えた。

「あの落ちこぼれめ……必ず息の根を止めてやる」

フィンの憎しみは煮えたぎっていた。


数週間後、ホワイトス公爵家に豪華な馬車が到着した。

中から現れたのは初老の男。がっしりとした体躯で眼光が鋭い。

まさに、歴戦の剣士という風貌であった。

「オグマール元帥、ご無沙汰しております」

「ロイド、息災か」

「ええ、この度は、我が息子のためにありがとうございます」

「ふん、金のためよ。お前は金払いだけ気にしていればよい」

ホワイトス公爵とオグマールの会話に、フィンが割って入る。

「ロイド・ホワイトス公爵が次男、フィン・ホワイトスです」

「ほう。次男坊か。長男はどうした？」

「そんなことどうでもよいでしょう。先生は本当に僕を鍛えられるほど強いのですか？」

その言葉に、オグマールの眼光が一層鋭くなり、フィンを睨みつける。

「若い頃のロイドより生意気そうなガキだな。いっちょ揉んでやろうかの。剣を持て」

「望むところです」

二人は修練場へと向かい、互いに剣を構える。

それを見守るホワイトス公爵と妻。

「スキルはありでやるか？　なしがいいか？」

「では、剣技のみで。先生を殺してしまっては申し訳ない」

「しごき甲斐がありそうだな」

こうしてフィンの修行は始まる。

◇◆◇

「今日は実際にスキルを使った実習を行いますが、その前にちょっと座学をします」

僕は今日もライカ教官として教鞭《きょうべん》を執る。今は修練場の黒板にチョークで絵を描き図解している。

「『火』、『氷』、『風』などの属性スキルを木剣に付与すると、どうなる？」

「木剣が壊れます！」

「うん正解！」

そう。スキルを付与できる素材というものは、属性によって様々だ。

僕の『ダウジング』、あとは『土』なんかは木剣に付与することができる。

そこで剣士は通常、自分のスキルを付与できる材質の剣を使うんだ。『雷』などのレアスキルは、感電しないために鍔《つば》と柄《つか》の部分にゴムの木の樹脂を付けたものを使う。また、『土』は盾に付与する、なんてのも聞いたことがある。

「じゃあ、スキルの星の数で何が変わると思う？」

「い、威力ですか？」

「うん。半分正解、だと思う。僕の見解だと、スキルが影響する幅なんだ。修練によって星の数、すなわちスキルが影響する幅を増やすことはできない。だが、逆に言えば、スキルの凝縮率を高めることはできる」

僕の説明を受けて、剣士部隊の面々は、わかったようなわからないような、曖昧な顔をしている。

「……だから仮に、一つ星と二つ星の氷同士がぶつかっても、スキルの練度によっては一つ星の威力のほうが強くなるんだ。ただその場合、凝縮した魔力に耐えられる武器自体の強さが必要だけどね」

「教官！　頭が破裂しそうです……」

一人の剣士が手を挙げてそう言った。うん。正直なのはいいことだ。

「ははは。やっぱり難しいか。わかりやすく言うと、スキルを使う剣士の強さは『星の数』、『熟練度』、『剣技』、『武器自体の強さ』という四つの要素から成るんだ」

「な、なるほど」

よかった。一旦、ここまで説明すれば、あとは実際にやってみるのが良いだろう。

僕は剣士たちに均等な間隔を空けて立つように指示を出す。

「まずは自分の剣を上空に向けて、スキルを付与してみて」

「「「はい！」」」

「そして、スキルを発動しないでそのまま維持！」

「え！　と、止まりません」

「わわっ！　急に言われても……ああっ」

次々と、それぞれの属性のスキルが上空へと発射されていく。

「剣の刃に付与したスキルを、留めたまま戦うことができるようにならなければダメなんだ」

「そんな器用なこと……すごく難しくないですか？」

「練習あるのみ！　さて、そこの人。あ、マウラさんの飲み仲間のトマスさん。僕に思いっきりスキルを放ってみて」

「え？　本当によろしいですかい？」

「うん！　思いっきりどうぞ！」

トマスさんが剣にスキルを付与すると、剣身が赤く光を帯びる。

『火』〝炎の矢〟

三本の炎の矢が一直線に、僕へ向かってくる。

僕はスキルを付与した状態の剣で、炎の矢を払い除けた。

「「「おおおぉぉ」」」

「ね。これが、対スキルでの剣の戦い方」

「今日は、この練習を日が暮れるまで、ひたすらしよう。じゃあ開始！」

皆が苦戦している。スキルの細かい扱いは本当に難しいものだ。

僕の場合は、『ダウジング』の正体がわからずに、毎日毎日剣にスキルを込めるだけの日々を送ってきたからできるんだけど。

中々、一日や二日でできるようなものじゃない。

しかし、決して不可能ではない。

先程僕に『火』のスキルを放ったトマスさんという剣士。

マウラさんと飲み仲間になったらしい、ちょっと間抜けな人。

彼はなんと、この日のうちにスキル付与の維持をできるようになった。

「あ、できちまいました」

皆がトマスさんに注目する。

まだ、安定はしていないが、たしかに剣にスキルを留めている。

「すごいね……まさか一日でできる人がいるとは」

「なんかオイラ、コツを掴んだみてぇですな」

感覚というか、器用さというか。スキルの操作にはそういうものがあるのかもしれない。

これができれば、次の段階に進める。

剣に付与したスキルを維持したままでの、剣技による直接攻撃だ。

「じゃあ、トマスさん、そのままの状態で、僕の剣を受け止めてみてください」

「へ、へい」

僕は剣にスキルを付与し、トマスさんの剣に攻撃をした。

パキィイィン――

剣の折れる甲高い音が鳴り響く。

僕の剣は折れ、弧を描いて飛んだ刃の先が地面へと突き刺さる。

「は？」

「へ？」

「えぇぇ！　なぜ僕の剣が折れるんだぁぁぁ」

僕の剣は、西の地一番の名工が打った剣だ。

僕が十歳になった誕生日、父上から頂いた二振りの剣。僕の唯一の宝物だったのに。

まさか、この剣が一般の剣士の持つ剣に折られるとは思ってもいなかった。

「おお！　さすがマウラ様に作ってもらった剣だ」

「え？　それ、マウラさんが作った剣なの？」

「へい！　飲み友達の証だと……」

「「おい！　トマスだけ、ずるいぞー」」

大人しく見ていた剣士部隊の皆が声を上げる。

そういや、マウラさんが酒に酔った勢いで、剣を作る約束したって言ってたな。それがトマスさんの剣か。

「えーと、今日の修練はこれで終わりにしよう！　個人練習できるから、各自練習しておくように」

僕はそう言って、急いで修練場をあとにした。


僕はマウラさんを見つけるため、酒場を目指して走っている。

「ハァハァ、やっぱりここにいた！」

「おう！　ライカ。もう修練は終わったんか。ワシは白虎様と飲んでいたところじゃ」

「マウラさん！　そんなことより、僕の剣を作ってくれないか！」

「ん？　別に構わんが。どうしたんじゃ急に……」

マウラさんは、僕の依頼に驚いている。

「今日ね、僕の剣が、マウラさんの作った剣に折られたのさ」

「トマスに作ってやったアレか。そりゃそうじゃろ。ライカの使ってるのはナマクラじゃけぇ」

「ナマクラって……あれ、一応、名工が作ったやつなんだけど」

マウラさんは呆れ顔で鼻をほじる。

「何が名工じゃい。あんな物、剣とも呼べんわ。剣の形をした金属よ」

「ひどい言われようだな……とにかく、僕の剣も作って欲しくて」

「なんじゃ、ワシの作った剣が欲しいのならもっと早く言えばよいのに。変なやつじゃな」

いや、そんなことを言われても。いつも農機具や斧を作っている野鍛冶のマウラさんが、まさか僕の剣より良いものを作れるなんて思ってもいなかった。

「あ、それとね、トマスさんに作った剣だけど、あと三十本くらい作れる？」

「ああ、あんな適当な剣で良ければ、この街を発つまでに作ってやるぞい」

「え？　あれで適当に作ったの？」

僕の剣を軽くへし折るほどの剣を、適当に……

マウラさんって、本当にすごいドワーフだったんだ。

「うむ。そこら辺のクズ素材で作ったけぇのう。ライカの剣もクズ素材でええのか？」

「え……僕のは、ちゃんとしたのが良いな。えへへ」

「ガハハ。現金なやつじゃのう。ほいじゃあ、お前の剣は本気で作ってやるか」

マウラさんの剣をオーレス子爵領の剣士たちが使えば、王都剣士大会でも通用するかもしれない。

よし。オーレス子爵に報告しよう。喜ぶだろうな。

僕はすぐに、オーレス子爵の屋敷に向かった。


屋敷について話があると伝えると、夕食をと勧められたので、いただくことにした。

「ライカ殿が夕食に参加してくれるなんて、ありがたい。して、何か剣士部隊に粗相《そそう》でもあったのでしょうか」

「いえ、ちょっとご提案がありまして……」

僕は、王都剣士大会の本戦出場を本気で目指す計画を話した。

「な、なんですと？　我らの剣士部隊が本戦出場を目指すですと！」

「はい」

「さすがに、それは……三ヶ月後の予選で、ホワイトス公爵領の剣士たちを倒さなければならないということですぞ」

西方で最強のホワイトス公爵領の剣士部隊に勝つのは、容易なことではない。

「ええ。ですが、剣士たちを僕が徹底的に鍛えて、マウラさんが作った剣を使えば可能だと思います」

「なんとマウラ様が……我が剣士たちのために。なんという幸福だろうか」

オーレス子爵は目に涙を浮かべて喜んでいる。

「僕、ホワイトス公爵領の剣士として、本戦で優勝するのが夢だったんです」

「ほう、ライカ殿にそんな夢があったとは」

そう。いつか出たいと思っていた。そして優勝するのが夢だった。

「勘当された身では叶わないけど、僕が鍛えた人たちが、代わりに僕の夢を叶えてくれたらうれしいなって」

「……それなら、ライカ殿が我が領の剣士として出場すれば良いではないですか」

僕の言葉を聞いて、オーレス子爵がポカンとした顔でそう言った。

「え？　そんなことできるんですか？」

公爵家を勘当された平民の僕が。そう思っていたのに。

「できないわけ無いでしょう。私はオーレス領の領主なのですから」

「あ、そうか。あはは……僕、出られるんだ。王都剣士大会に」

諦めていた夢を、再び追いかけることができる。

「では、お願いしますよ。我が部隊の大将として」

「え？　大将？　僕が？」

「当たり前でしょう。一番強いのだから……」


次の日、僕はより気合を入れて指導に臨んだ。

「教官！　今日の修練、いつもよりキツくねぇっすかい？」

「何言ってるんだよトマスさん。当たり前さ。王都剣士大会の予選を突破しなくちゃならないんだから」

「ああ、そういうことですかい。予選突破ね……え！　予選突破？　何言ってやがるんですか」

一同が驚きどよめいているが、僕は剣士たちに活を入れる。

「皆ならできる！　絶対勝つよ！　だから修練、修練さ！」

それから修練の成果が出始め、スキルを剣に維持させることができる剣士が増えてきた。

「まだ、維持できない人は引き続き練習。できた人は、実戦やるよ」

「「はいぃぃ」」

剣にスキルを付与した状態での剣技で、特に秀でていたのはトマスさんであった。

「なんだか、トマスのくせにやるなぁ」

「一つ星のくせにな。あはは」

「うるせぇやい！　オイラは一つ星の星になるんでぃ」

「あはははは。なんだよ。一つ星の星って」


一週間にわたる、僕の指南は終わりの日を迎えた。

最初は魔獣の討伐指南であったが、途中から王都剣士大会の本戦出場が目標になった。

これは、精鋭ばかりのホワイトトス公爵領の剣士たちに勝たなければならないという、難しく大きな目標ではあるが、僕はこの仲間となら勝てると確信している。

「教官、魔獣先輩。ご指導ありがとうございました」

「あはは、魔獣先輩で定着しちゃってる」

恐る恐るニャーメイドさんを見ると、案の定、殺気がダダ漏れだ。

「これからも定期的に修練に参加しに来るから、よろしくね」

「はい！　我らも修練に勤《いそ》しみます」

「あと、これ。僕からのというか、マウラさんからの贈り物」

マウラさんが作った三十本の剣を一人一人手渡す。

「なんと！　鍛冶神様のお作りになられた剣がいただけるなんて……」

「あれ？　一本余っちゃった」

人数分の剣を作ってもらったのに……なぜだろう。

「あ、そいつはオイラが既に一本持ってるからだ」

そうだった。トマスさんはマウラさんに既に作ってもらっていたんだ。

「まぁいいか。トマスさん。二本目あげるよ」

僕はこうして剣士部隊に別れを告げて、オーレス領をあとにした。


「皆！　やっと我が家が見えてきたぞ」

「ヤット料理長さんのオ料理が食べられマス♪」

屋敷に着き、ロバートから馬車を外すと、ロバートは嬉しそうに柵の中へと入っていく。

「ウニャ？　なんか鶏小屋のひよこ増えてニャいか？」

「増えてるね……」

鶏小屋の陰から、両手いっぱいにひよこを抱いた料理長さんが登場する。

「ああ、ライカ坊っちゃんたち……おかえりになりましたか」

「えー！　そのひよこの数、どうしたの？」

「鶏肉のために、効率よく卵を孵化させていたら、産まれすぎてしまって」

「あはは。懐かれすぎだよ」

いつも落ち着いている料理長さんが、あたふたとしている姿はとても愉快だった。

「私のことを親だと思ってしまったらしく、ずっと追い回されてるんです。こんなに懐かれたら、情が移って絞められない……」

「ソレではワタシが代わりに絞めマス」

「メイドさん、やめてくださいぃ！　その代わりに鶏小屋の増築をおねがいします」


その後、僕たちは一週間ぶりに料理長さんとアフタヌーンティーを楽しみながら、この一週間の話をした。

「それは良かったですね。ライカ坊っちゃんは小さい頃から、王都剣士大会に出たいと仰ってましたもんね」

「うん。しかも、この僕が大将だよ」

「うう。ご立派になられて。私は本当に嬉しゅうございます」

そこで思い出したように、小白虎が後ろ足で立ち上がる。

「そうニャ。おい、料理長にいいお土産を持って帰ってきたニャ」

「おやおや、猫さん。お土産とはなんでしょう？」

「ふふふ。見て驚けニャ」

小白虎の指示でマウラさんが、脇に抱えている風呂敷《ふろしき》を広げる。

「おお。これは……アカマツタケではないですか！」

「ニャんで、人間風情が知っているニャー！」

「昔、料理修業をしている時に、ドワーフの方とアカマツタケ狩りに行ったことがありまして」

「ウニャニャ、やっぱり料理長は只者ではないニャ」

「今晩は、このアカマツタケづくしのお食事にしましょう」

「賛成ニャー」

珍しい食材に目を輝かせる料理長が、嬉しそうに厨房へと入っていく。

「ライカよう。その大会いうのはどんな催し物なんじゃ？」

火酒をチビチビと飲むマウラさんが、話が一段落したところで僕に尋ねてきた。

「四年に一度、王都の闘技場で行われるんだ。本戦大会の前に予選があってね──」

王都剣士大会の予選は東西南北の四つの地域ごとに行われる。

各地の各領の剣士部隊から選ばれた五人チームがトーナメント戦を行う。

西の地だけでも、九つの領地がある。すなわち四回勝てば予選大会を優勝できるということだ。

「──で、東西南北の予選大会を優勝した領が戦う。それが本戦さ」

「なんじゃ、ドワーフの釣り大会みたいなもんか」

いや。多分、全然ちがうと思う。

「ふん、人間風情がちまちまと戦ってもつまらないニャ」

「僕の夢をバカにしたなチビ白虎め」

「誰が米粒子猫ニャー！　シャァァ」

「そこまで言ってない！」

僕を引っ掻こうとする小白虎の首根っこを掴んで遠ざける。

「とにかく、最初は西の地で一番になればいいってことじゃな」

「うん。その予選が三ヶ月後。更にその六ヶ月後に本戦大会が始まるんだ」

マウラさんが指を折りながら、頭の中で計算しているような素振りをしている。

「ほじゃったらなんとか間に合うじゃろう」

「何が？」

「何がって、お前の剣じゃろうが」

「え？　数日で三十本も作れるのに、僕の双剣は三ヶ月もかかるの？」

「当たり前じゃろうが。ワシが本気で作るんじゃ」

一体どれほどの剣ができるのだろう。僕の今までの剣をナマクラと言い捨てる鍛冶神が、三ヶ月かけて作る剣……楽しみすぎる。


料理長さんが、大量の料理を配膳台車に載せて運んできた。

「さて、皆さん。お待ちかねのアカマツタケづくし料理ができあがりましたよ」

「よっ！　待ってました！　火酒じゃ。火酒を持って来い」

「ウニャ！　マタタビ酒ニャ、マタタビ酒を持って来いニャ」

マウラさんと小白虎が早速酒を要求している。

料理長さんが自慢げに料理の説明をすると、皆が生唾を飲み込みながら注目する。

「まずは一品目。アカマツタケの土瓶蒸《どびんむ》しでございます。土瓶の中に、山菜や木の実、白身魚、アカマツタケを入れ、出汁で蒸し焼きにしました」

料理長さんが柑橘を絞ると、アカマツタケの香りと相まって脳が蕩《とろ》けそうになる。

「二品目。アカマツタケの茶碗蒸《ちゃわんむ》しです。こちらは、屋敷の鶏の卵を使っております。朝採れの新鮮な卵で、とっても美味しいですよ」

湯気が立ち上る茶碗蒸し。これも絶対美味しいやつだ。

「三品目。アカマツタケの赤松炭火焼き。赤松の炭は、ドワーフさんの鍛冶場から頂いてきました。続いて四品目。アカマツタケとペイアン牛のしゃぶしゃぶでございます。ペイアンの街特産の牛肉は、柔らかくて程よく脂が乗っています。ササッと湯に通してアカマツタケに巻き、柑橘醤油を付けてお召し上がりください」

これらもとんでもなくいい匂いだ。

「五品目、六品目。アカマツタケの炊き込みご飯と、アカマツタケのお吸い物でございます。おかわりがたくさんありますので、仰ってくださいね」

皆、そわそわしながら目を輝かせている。

「さぁ、召し上がれ」

「「いただきます！」」

料理長さんの「召し上がれ」で、僕らは一斉に食べ始める。

「うミャーーー！」

「ハァァァァン♪」

「なんじゃこれはぁぁぁ。料理長は神じゃ、料理神様じゃ」

どれも驚くほど美味しくて、皆が悶絶している。

「すごいぞ！　料理長。ほら火酒だ！　飲め」

「ウニャ！　料理長にはニャレ自らマタタビ酒を注いでやるニャ」

「あはは。そんなに飲んだら潰れてしまいますって」

この日は、夜遅くまでどんちゃん騒ぎが続いた。

◇◆◇

真っ暗な森の中を少女が走っている。

少女の腕や足は森の枝や草で傷つき、血が滴っている。

「おいヤンス！　娘はどっちに逃げた！」

「すまねぇアニキ！　見逃しちまった」

「女の足だ。そう遠くへは行けないはずだ。よく捜せ！」

男たちが少女を捜し回る。

「アニキ、こっちだ！　血の跡があるぞ」

「よし！　追いかけろ」

岩の陰に隠れた少女は、右足の深い傷に手を当てる。

ぽうっと綺麗な緑色の光が優しく傷口を癒やしていく。

少女は更に森の奥へと逃げていくが、途中で意識を失いそのまま倒れた。

◇◆◇

「ウニャぁ。昨日のアカマツタケづくしは最高だったニャ。ライカもすごい勢いで食べてたニャ」

「うん。美味しすぎてね。ペイアン牛もなかなかだったね」

僕たちは今、昨日の食事の余韻に浸りながら、朝食を食べている。

この屋敷でのゆっくりとした時間が流れる日常は、とても心地が良い。

「ウニャ！　牛はやっぱり、アウズンブルの方が断然美味いニャ」

「小白虎のお尻に突進してきたという、アレか」

「ウニャ。あいつでしゃぶしゃぶってやつをしたら、多分最高だろうニャ」

この場の皆が牛の魔獣、アウズンブルの味を想像しているのだろう。

テーブルに頬杖を突き、一様に恍惚とした表情を浮かべている。

「よし！　捕まえに行こう。久しぶりの狩りだ」

「行きまショウ♪」

鍛冶場から戻ったマウラさんが、僕に二本の剣を放り投げる。

「ライカ、お前の剣ができるまでの繋ぎじゃ。大したもんじゃないが、これを持っていけ」

鞘から剣を抜くと、今までの剣に比べて少し細身だ。

しかも、片方にしか刃が付いていない。

「マウラさん、随分変わった形の剣だね」

「その形は刀《かたな》って言うんじゃがのう。お前の戦い方を見とって、この形の方が合《お》うとると思うたんじゃ」

試しに振ってみると、ものすごくしっくりとくる。

「ありがとう！　マウラさん」

「なぁに、クズ素材で適当に作ったもんじゃけぇ、気にするな」


屋敷を出て、『ダウジング』が指すタートリア領近くの森へ向かって進む僕らの足取りは軽やかだ。

ペイアン牛より美味しい肉。ああ、早く食べたい。

「アウズンブルさん、アウズンブルさん、どこにいる〜」

「ライカ、随分ご機嫌だニャ」

「うん。ほんと『ダウジング』って、食いしん坊の僕にはピッタリなスキルだよ」

あれだけ悩んでいた自分のスキルも、使いこなせるようになってくると愛着が湧いてくる。

「ライカの範囲の広さは異常ニャ。今までの『ダウジング』使いは平均するとせいぜい半径五十歩くらいニャ」

「ふふふ。食いしん坊のなせる業さ！」

「阿呆め。六つ星だからだニャ……」

そんな話をしていると、突然、木の陰から一人の男が飛び出してきた。

「よっしゃー。見つけたでやんす！　観念しやがれ！　って……あれ？」

「誰？」

少しの沈黙。キョトンとする男の後ろから、更に二人の男が出てきた。

「ヤンス！　見つけたか？」

「いや、アニキ。人違いだ。ガキの声が聞こえたから、てっきりあの娘かと思ったでやんす」

アニキと呼ばれている長身の男が、僕たちに尋ねる。

「おい、お前ら。十一歳くらいの娘を見なかったか？」

「いや。見てないけど」

僕は正直に答える。

「そうか、それならいい。行け」

「あ、うん」

随分とガラの悪いやつらだけど、僕たちに害はなさそうだな。

「くそー！　折角の金づるだったのに、ガンスが逃がすからでやんす」

「余計なこと言うな。戦馬車《チャリオット》を取ってこい。ガンス」

「了解でがんす！」

小太りの男が、幌《ほろ》がなく、車輪が大きい小型の馬車を引いてくる。

「行くぞ！　ヤンス、ガンス」

男たちは戦馬車《チャリオット》に乗り去っていった。

「なんニャ？　仲間が迷子にでもニャったのか」

「いや、あいつらはきっと山賊だよ。逃げた女の子を捜してるんだ……」

「そうだったのニャな。よし、気を取り直してアウズンブル探しニャ」

「何言ってるんだよ！　助けなきゃ」

呆れ顔の小白虎が、面倒くさそうにぼやく。

「なんでそうなるニャ……他人ニャのに」

「オ節介なところがライカ様の良いところデス」

僕は、いつもより集中してスキルを発動させる。

「『ダウジング』〝十一歳くらいの女の子〟」

「雑なターゲットの仕方ニャ……そんなので反応するわけ――」

「こっちだ！」

「反応したニャー！！」

割と近いところに反応がある。最近、反応の手応えである程度の距離感が掴めるようになってきた。

反応のあった方へ藪《やぶ》をかき分け突き進むが、枝や棘が体中に刺さって痛い。

「痛てて。皆、大丈夫？　棘に気をつけて」

「ニャレはこんなのすり抜けられるニャ」

「私の肌は、この程度では小キズも付かないデス」

「ず、ずるい……」

やっと抜けた先に、苔むした大きな倒木があった。

僕たちは、その陰に蹲《うずくま》るように倒れている少女を見つけた。

「こ、この子は……」


意識を失ったままの少女をニャーメイドさんが抱えて、僕らは屋敷に戻った。

料理長さんが枝や棘で傷だらけになった僕の手当をしてくれている。

「それはそれは、大変でございましたね。あのお嬢さんがご無事で何よりです」

「うん。それでね、あの子……実は」

「あの……」

二階の寝室から下りてきた、綺麗な深い緑色の髪をした少女が、震えながら口を開く。

「あ、目が覚めたんだね。よかった」

怯えている少女は僕を見ると驚いていた。

「あ、あなたは！」

「うん。久しぶりだね、ルシア」

「ライカ・ホワイトス様……なぜ」

少女は、僕が神託の儀で王都に行く途中に助けた、タートリア公爵令嬢ルシアだった。

僕はルシアに屋敷につれてきた経緯を説明する。

「そうだったのですね。ライカ様に命を救われたのは二度目ですね。本当にありがとうございます」

「でも、一体どうしてあんなところで……山賊に追われていたの？」

「少し長い話になるのですが、よろしいですか？」

僕の手当てを終えた料理長さんが提案する。

「でしたら、まずお食事にしましょう。皆さん」

「そうだね、ルシアもお腹減ってるだろ？　食事にしよう」

「は、はい」

ルシアは少し遠慮気味に頷く。

「ルシアは何が食べたい？」

「い、いえ、私は……なんでも」

オドオドとしているルシアを見た小白虎が話しかける。

「なんニャ、お前、借りてきた猫みたいニャ」

「わ！　小さい猫が喋った」

「誰がゴマ粒チビ猫ニャぁぁぁ」

公爵令嬢のルシアが上品さを失うくらいに料理に夢中になっているのは、空腹だったからか、料理長さんの腕前によるものなのか。はたまたどちらもか。

食事のあと、ルシアは静かに語り始める。

「去年の神託の儀の時に、私は五つ星の『癒やし』スキルを授かりました」

「うん。皆大騒ぎで大変だったね」

「はい。でも、私がタートリア公爵領に戻ってからの方が大変だったのです――」

五つ星のレアスキル『癒やし』を授かったルシアは、タートリア公爵領でもてはやされた。

初めのうちは、重症を負った剣士たちの治癒を行っていて、聖女だと崇められたりもしたらしい。

先々代の国王以来の五つ星スキル。更には五つ星の『癒やし』は、単なる水を回復薬にすることができる。それが判明すると、タートリア公爵は豹変したのだという。

ルシアを暗い部屋に閉じ込め、毎日毎日、ひたすらに『癒やし』を付与した水の精製をさせられることになった。

これは、奇跡の秘薬として北の地全土で高額で取引され、タートリア公爵家は莫大な富を築いた。

「……優しかった両親もお金に目がくらんで、いつしか私を道具としてしか見なくなったのです」

「うう。なんとひどい仕打ち……ライカ坊っちゃんの境遇と被ってしまって、涙がとまりません」

料理長さんは、腰に巻いたサロンエプロンで涙を拭っている。

「そんな時、タートリア公爵領で幅を利かせている山賊団が、私の誘拐《ゆうかい》を企てたのです――」

その山賊とは、僕らが森で出会った三人組だろう。

緻密な計画により、その山賊団は見事にタートリア邸に侵入し、ルシアの誘拐に成功した。

屋敷から連れ出すことには成功したが、太った山賊がその時に、重傷を負ったらしい。

ルシアが『癒やし』のスキルをその山賊に使い、彼は一命を取り留めた。

命を救ってくれたルシアに気を許した山賊の隙を見て、逃げ出したまでは良かったのだが……

「途中で気を失ってしまって……」

「そ、壮絶だね……」

「ライカの生い立ちも可哀想だニャと思ってたけど、こいつも相当だニャ……ドン引きしたニャ」

一同が、暗い表情になり、静かな時間が流れる。

静けさを破り、手足が包帯だらけの僕を見たルシアが心配そうに言う。

「ライカ様、もしかして私を助けるために、その怪我を？」

「ああ、ルシアの倒れてたところの藪がさ、棘がすごくて……」

「ちょっと、お見せください」

ルシアは僕の包帯を取り、傷口に手を当てる。

「『癒やし』〝傷口の治癒〟」

優しい緑色の光が僕の傷に吸い込まれていく。

ズキズキとした痛みは和らいでいき、すぐに消えた。

「あれ、傷が跡形もなく消えた……これがルシアのスキルか」

傷跡すら残っていない。

以前、奇跡の秘薬を使った時以上の効果だ。

「すごい！　ルシア、すごいよ！　ありがとう」

「いえ、これくらいしかできませんので……」

「ルシアさんは、これからどうするのですか？」

料理長さんが尋ねるが、ルシアは気まずそうな表情でうつむいている。そうだ！

「ねぇ！　ルシア！　ここで一緒に暮らそうよ」

僕は努めて明るい声でルシアに提案してみた。

「え？　良いのですか」

「勿論さ！」

ルシアの表情が明るくなる。そして今度は小白虎の方を向いた。

「よろしいのですか？」

「ウニャ！　ニャレが許可してやるニャ」

こうして、ルシアは僕らの屋敷で暮らすことになった。

「折角のティータイムなので、焼き菓子を作りました」

ルシアと暮らし始めて数日、今日はルシアがお菓子を作ってくれた。

「へぇ、ルシアはお菓子作りができるんだ」

「いい香りですね。私もご一緒させていただきましょう」

ルシアの作った焼き菓子を食べると、一同、その美味しさに悶絶する。

一番驚いていたのは、料理長さんだった。

「ルシアさん……このカヌレは絶品です！　素晴らしい出来栄えだ」

「まぁ、さすが料理長さん。北の地のカヌレをご存知なんですね。美味しい卵とミルクがあったので、作ってみました」

あまり甘いものを食べないマウラさんが、口いっぱいにカヌレを頬張りながら言う。

「おい、嬢ちゃん。これ、ワシの火酒つかったじゃろう」

「ええ、サトウキビの火酒があったもので。勝手に使ってごめんなさい」

「いくらでも使ってええ！　こんな美味い焼き菓子は初めてじゃ！」

更には、紅茶の知識や淹れ方も料理長さん以上だ。

ルシアのお陰で皆の大好きなティータイムの質が格段に上がり、僕のスローライフはより一層充実したものになった。

オーレスの街から帰ってから僕らは、こんな感じでしばらくのんびりとした生活を満喫していた。

そろそろオーレス子爵領の剣士部隊の修練に参加しなければならない。

「ねぇ、ルシア」

「なんでしょう？　ライカ様」

「あ、そのライカ様ってのやめない？　同い年だし」

「じゃ、じゃあ……ライカ。なに？」

「僕ね、今度王都剣士大会の予選にオーレス子爵領の剣士として出るんだけど、一緒にその修練についてきて欲しいんだ」

「はい……あ、うん。いいよ。私がいれば修練で怪我しても大丈夫だし」

「そうなんだ。それをお願いしたくて」

「うん！　まかせて」

ルシアの『癒やし』が有れば、激しい修練も可能になる。

また一歩王都剣士大会の予選突破が現実味を帯びてきたぞ。

僕らは、オーレス子爵領に向けて出発することにした。


僕らの馬車がオーレスの街に着く。

マウラさんに手綱の操り方を教わったことで、僕もロバートが引く馬車を乗りこなすことができるようになった。

「おお。ライカ様がいらしたぞ」

また、こんなに歓迎してくれて……

嬉しいことは嬉しいけど。大げさなんだよな。

「あれ？　なんだ？　あのご令嬢は」

「ライカ様の許婚《いいなずけ》じゃないのか？」

「おおお！　それはめでたい」

突拍子もない憶測が飛び出す。そして、瞬く間にルシアは街の人に囲まれてしまった。

「ライカ様の婚約者ですね！　なんと美しい」

「まぁ、なんてお似合いだこと」

皆好き放題言っているが、その声の波は次第に大歓声へと変わっていく。

「え、え、私は……」

戸惑い困っているルシアは、顔を真っ赤にしている。

「ニャハハ。まんざらでも無さそうニャ」

僕はルシアの手を引き、走って逃げ出す。

やっとのことで押し寄せる街の人から解放された僕らは、オーレス子爵の屋敷へと逃げ込む。

「子爵！　助けてくださいぃ」

「おお、ライカ殿。どうなされた」

「野次馬たちのスタンピードです……」

「ははは。ライカ殿は相変わらず、上手いことを言う」

一息つくと、オーレス子爵にルシアを紹介する。

「はじめまして、タートリア公爵家のルシア・タートリアと申します」

「なんと！　北の地の大貴族、タートリア公爵令嬢か」

ルシアが貴族女性のカーテシーをすると、オーレス子爵は最上級の礼で返す。

僕がオーレス子爵にことの経緯を説明すると、思慮深いオーレス子爵は全てを理解してくれたようだ。

「ルシア嬢、お祭しいたします。大変でしたね」

「オーレス子爵様、ありがとうございます」

「ルシア嬢の授かったスキルについては、我が領地にも伝わっております。まさか、それが原因でそんなことに」

それでもルシアは、明るく気丈に振る舞う。

「ライカのお陰で、一年ぶりに外の世界を満喫できて、私は幸せです」

「おや、お二人は名前で呼び合うほどの仲なのですね！　是非！　私が仲人《なこうど》をしましょうぞ」

「わわわ！　オーレス子爵！　違いますって」

この街に、僕とルシアが許婚だという噂は瞬く間に広がった。


修練場では剣士たちが切磋琢磨している。

剣の扱いが前に比べて随分と様になっているのが心強い。

「皆！　久しぶり」

「おお！　ライカ教官！　ご無沙汰しております」

「あれ？　教官、許婚を連れてきているという噂は本当だったのですね」

「ああ、こんなところにまで連れてくるなんて、噂は本当だったんだな」

広まっていたか……ここにまで。

「違うって！　皆のために連れてきたんだ」

「またまた、そんな苦しい言い訳を」

「違うってばぁぁぁ」

ニヤニヤとしながら僕をからかう剣士たちに、ルシアを紹介する。

「この子はルシア。五つ星のレアスキル『癒やし』を授かった人なんだ」

「五つ星！　まさかタートリア公爵の……」

「うん。わけあって今は、タートリア領から脱走中なんだ」

僕を茶化していた皆は、真面目な顔に戻る。

「もうすぐ王都剣士大会の予選だから、今後は更に厳しい修練になると思う」

「「はい教官！　覚悟しております」」

「僕も本気で皆と修練をする。大怪我をすることもあるだろうけど安心して！　このルシアが治してくれるから」

僕がルシアを連れてきたのは、これが目的だ。

予選大会まであまり時間がないし、ここで一気に皆のレベルアップを図りたい。

「ひどい！　大怪我前提ですか！　教官」

一人の剣士が冗談交じりに言う。

「ふふふ。手加減しないからね」

「皆さん、ご安心してください。もし腕が千切れてもピタッとくっつけてあげますから」

ルシアはにこやかに微笑んでいる。

「ち、千切れても……って……地獄だ……」


「さあ、対人戦の修練開始だ！」

僕がいなかった間に、全員が剣に付与したスキルを維持できるようになっている。

きっと僕がいない間も、しっかりと修練していたんだな。

嬉しさが溢れ出す。その気持ちに比例して、修練は激化していく。

案の定僕との手合わせで多くの怪我人が出たが、それでも瞬時に治癒していくルシアは、さすが五つ星の『癒やし』スキル持ちだ。

おかげで僕は、皆に怪我をさせることに躊躇《ちゅうちょ》がなくなっていく。

ルシアがいることで、修練は思った以上の成果を上げた。

全力で戦えるというのは、言わば真剣勝負。模擬戦の何倍も効率が良いのは当然だ。

「ねぇルシア。タートリアの剣士たちの修練にも参加したことある？」

もし、タートリア領が同じ修練方法をしていたとしたら、脅威だ。

「いいえ、私は幽閉されて、ひたすら奇跡の秘薬を作らされていただけだから」

「そっか、そうだよね。嫌なこと思い出させてごめん」

そうだった。ルシアは一年以上、奴隷のように秘薬の精製を……

そうか。秘薬……奇跡の秘薬があれば、僕たちと同じ修練が可能じゃないか。

タートリア領の剣士たちの脅威を想像すると背筋が凍る。


オーレス領に来て三日が経った。

「今日で、僕たちは屋敷に戻る。ルシア、修練に付き合ってくれてありがとう」

「ううん。私、力になれて嬉しかったよ」

「僕らがいない間も、剣士たちが同じような修練ができるように、ルシアに嫌なお願いをしてもいいかな……」

秘薬の精製をお願いしたい……そう言ったら嫌がるだろうな。

「もしかして、奇跡の秘薬？　それなら、たくさん作っておいたよ。ほら」

奇跡の秘薬が木箱の中に、ぎっしりと詰められている。

「……ありがとう。ルシアってメンタル強いんだね……」

これで、準備は万全だ。

次にこの街に来る時は、王都剣士大会の予選へ出発する時だ。皆がそれまでに頑張って更に強くなってくれることを願おう。

その想いと奇跡の秘薬を残し、僕たちは屋敷へと帰った。

屋敷の庭で向き合う、僕とニャーメイドさん。

今日もニャーメイドさんに修練の相手をしてもらっている。

もう何日も続けているが、まだニャーメイドさんにはまったく歯が立たない。

僕は『ダウジング』のターゲットをニャーメイドさんにし、一気に詰め寄る。

僕の放った攻撃を避けようとするニャーメイドさん。それに合わせて、双刀は自動的に軌道補正した。

しかし、刀身がニャーメイドさんに触れることはない。

「くそー。なんで一撃も当たらないんだ」

「ソレはライカ様が、遅すぎるからデス。まだ鶏の方がいい動きデス」

「まったく、ひどい口撃だよ、ニャーメイドさん……」

ニャーメイドさんの口撃はいつも容赦がない。

「事実デス。そもそも人間は反射速度が動物や魔獣より遅いデス。だから鶏の方がいい動きなのは事実デス」

「そうなのか。たしかに……人間って不便だな」

「デモ、ライカ様は他の人間より良い方デス」

「あ、ありがとう。うーん、何かいい方法はないかなぁ」

ニャーメイドさんと手合わせをしていた僕らのところに、料理長さんが現れる。

「精が出ますな。ライカ坊っちゃん」

「うん。夢にまで見た王都剣士大会がもうすぐだからね」

「あまり、無理はなさらぬように。坊っちゃんは夢中になったら止まらない性分なので」

「うん。わかっているよ」

料理長さんは僕の服に付いた汚れを手で払いながら、僕に休憩を促《うなが》す。

「さて、私も、鶏小屋の掃除が終わったので、中でティータイムにしましょうか」


厨房に籠もっていたルシアが、お茶と焼き菓子を持って部屋に入ってくる。

「今日はオーレスの街で買ってきたミントの入った紅茶と、焼き立てのフィナンシェです」

「ウニャニャ、いい匂いニャ。なんニャこの匂いは」

「焦がしたバターと木の実なの。いい匂いでしょ」

部屋に焼き菓子の甘い香りが広がる。

「ウニャ。ルシアは菓子作りの天才ニャ」

「うふふ。ありがと小白虎ちゃん」

「マタタビ酒に合いそうニャ」

マタタビ酒にハマってからというもの、昼から酔っ払っている小白虎。

「小白虎に言わせれば、なんでもマタタビ酒に合うんだろ？」

「ウニャ。マタタビ酒は最高ニャ」

この酒カス猫が、この地の守護聖獣だとは信じられない。

その様子を微笑ましく眺めている料理長さんが、思い出したかのように言う。

「そういえば、ライカ坊っちゃん、いつ王都に発つのですか？」

「んっとね、明後日、ここを出発して、オーレスの街で選抜した剣士と合流する予定なんだ」

「明後日ですか。やはり強敵はホワイトス公爵の部隊で？」

普段、ホワイトス家の名前が出ると嫌な顔をする料理長さんが、自らその名を口にする。

「うん。ホワイトス領の部隊は皆三つ星スキル持ちだろうし、更には四つ星のフィンも大将として出てくるだろうな」

「坊っちゃん、もしかしたらフィン坊っちゃんがホワイトス公爵に報告しているかもしれませんが、もしそうでなかったら……」

勘当されホワイトス家を出ていったあと、僕は死んだと思われていたみたいだ。

それはそうだろう。無能の子供が、魔獣の潜む森を通らなければ行けない別荘に向かわされたのだ。生き延びられるわけがない。

それがわかっていて、この別荘を充てがったということらしい。

「父上……そんなに僕のことを」

「嫌なことをお聞かせしてすみません、ライカ坊っちゃん」

料理長さんが悲しい顔をしながら、布に包まれた物を僕に手渡した。

「なので、正体を隠すためにこれをお渡ししておきます」

包みを開こうとした瞬間、マウラさんが慌ただしく部屋に入ってくる。

「おい！　ライカ。お前の刀がなんとか間に合《お》うたぞ」

「わ、マウラさん！　汗臭っ」

「悪かったな！　風呂に入る時間もないくらいかかっちまってな。ほれ、受け取れ」

僕が、マウラさんから渡された刀を鞘から抜くと、綺麗に輝く刃文が目に入る。

料理長さんが愛用している、白虎の爪の包丁と同じ輝きだ。

「こ、これ」

「おう、刃の部分は白虎様の爪を素材にしたんだ」

形状は先日マウラさんが繋ぎとして作ってくれた刀と一緒だ。

僕は、しばらく刀身の美しさに見入っていた。

この刃の素材が白虎の爪ということは、魔力を付与させなくても魔獣を切り裂くほどの切れ味ということだ。

「わかっていると思うが、白虎様の爪の切れ味じゃ。対人戦の時は峰《みね》で戦わんと、相手の剣ごと真っ二つにしてしまうけぇ気ぃつけぇよ」

そうか。あくまで試合であり戦いではないのだから、峰打ちで戦わないとな。

さすが、鍛治神と言われるだけはある。

試し斬りしたくてウズウズする。

「ありがとうマウラさん」

「おうよ、ワシも人生最高傑作ができて感無量じゃ。今日は火酒をかっくらって寝るぞい」

マウラさんは両手に火酒の瓶を持って、大あくびをしながら部屋を出ていく。

酒を飲む前にお風呂に入った方がいいと思う。布団を洗濯するニャーメイドさんが怒らないか心配だ。


いよいよ、出発の日が来た。

よく晴れ、日差しはいつもより明るく暖かい。太陽も僕を応援してくれているかのようだ。

小さい頃からの夢、王都剣士大会が四日後に開催される。

僕は期待を胸に馬車に乗り込み、屋敷を出発した。

◇◆◇

時は遡る。

東の地。土地は荒れ、治安の悪い領地を押し付けられた弱小貴族の家に生まれた若き日のヴァン・オグマールは、とある夜会に参加した。

「どけ、邪魔だ」

侯爵《こうしゃく》家の長男が、ワインを飲んでいたオグマールの背後から怒鳴る。

「なんだ、オグマール家の者か。貧乏貴族は端の方で飲んでいろ」

振り向いたオグマールに蔑んだ目を向け言葉を吐く。

「それは、侮辱《ぶじょく》と取ってよろしいか？」

「なんだ。やる気か？」

ヴァン・オグマールは片方の手袋を地面に投げつける。

「決闘か！」

「オグマール家の者が侯爵家の長男に決闘を申し込んだぞ！」

他の貴族たちが、二人を囲むように輪を作る。

「ははは。いい度胸だ。俺は次期剣士部隊長と呼ばれる男だぞ。後悔するなよ」

侯爵家の長男が、ヴァン・オグマールの投げた手袋を拾おうと屈んだ。

瞬間——

ヴァン・オグマールは、侯爵家の長男の顔を斬りつけた。

「ぎゃぁぁぁ」

顔面を押さえる手の隙間からは、大量の血が溢れている。

その光景を表情一つ変えずに見下ろしていたヴァン・オグマールは、侯爵家の長男の頭に唾を吐き捨て去っていく。

命に別状はなかったものの、侯爵家の長男は片目を失い、顔には一筋の消えない傷を負ったのだった。

この一件でオグマール家から勘当されたヴァン・オグマールは、平民に落ちる。

それからヴァン・オグマールは、山賊まがいの蛮行を繰り返しながら王都へと流れつく。その後、彼は王都剣士部隊の傭兵《ようへい》として、戦に身を投じる日々を送ることになる。

ここからヴァン・オグマールの快進撃が続くのであった。

卑怯とも言えるその戦略は、次々と戦を勝利に導き、数ヶ月後には、正式に王都剣士部隊に入隊する。

飛ぶ鳥を落とす勢いは留まるところを知らず、ヴァン・オグマールは五年後、部隊長へと昇格した。

自らの利のためなら、どんなことでもする。出世のライバルを蹴落とすためなら、平気で暗殺も行った。

常に最前線で戦果を挙げ続けること、十五年。ヴァン・オグマールは遂には元帥にまで成り上がったのだ。

彼が元帥になってからのこの国の戦歴は負けなし。

歴代最強の元帥として、国王から叙勲《じょくん》された褒章《ほうしょう》は付ける隙間が無いくらいであった。

勘当されて尚、彼はオグマールという家名を勝手に名乗り続けた。

当時、王都剣士部隊の重鎮であった隻眼《せきがん》の侯爵。かつて自分が斬った男へ、恐怖を再度植え付けるため。ただ、それだけのために。

これが、彼の異常なまでの執着心を表す逸話である。

それから数十年の時が経ち、王都剣士大会の優勝部隊を束ねた、ロイド・ホワイトスが王都剣士部隊へと入隊した。

剣士として他を圧倒する戦果を挙げた彼の実力は、オグマールの目に留まる。

「オグマール元帥！　この度、部隊長に就任いたしましたロイド・ホワイトスです」

「お前が四つ星のホワイトスか。うむ。良い目をしているな」

「は！　私は元帥を目指しております。以後お見知りおきを」

若き日のロイドが目をギラつかせている。

「生意気なヤツだ。いっちょ揉んでやろうか。剣を持て」


そして現在。

「オグマール先生。我が息子、フィンはいかがですか？」

「ああ、いい筋しているな」

「おお。オグマール先生が褒めるなんて、とても珍しいことだぞ。頑張っているな、フィン」

「いえ、先生の教えのお陰でございます」

「フィンは、ワシの教える戦い方に性格が向いている。現役の時に出会いたかったものだ」

「四つ星でレアスキル、この国の元帥であった方に認められた公爵の誕生か。まさに王道の人物だな」

ホワイトス公爵家の繁栄が確定したかのように、ロイドは満足気だ。

「ロイド、何が王道だ。ワシがフィンに教えているのは邪道そのものだ」

王都剣士大会の予選まで一週間。

修練場ではオグマールがフィンと手合わせをし、最終調整を行っている。

「さあ、フィン。全力で来い」

フィンは低い体勢からオグマールの懐に飛び込み水平に切り込む。

オグマールが木剣でそれを防ぐと、フィンは体を捻り、足の先を地面ごと斬りつける。

「そうだ！　いいぞ。相手の足の指を切り落とすんだ」

人間も動物も魔獣も、手足の一本でも失えば戦力がほぼ無くなる。

しかし、太い筋肉や骨で守られている太腿や脛を切断するのは難しい。そこで指先だ。指先であれば、簡単に切断できる。

更に足の指を失うのは、足を一本失うのと同等の効果がある。

とはいえ、貴族の剣術に足の指を狙うなんていう技はない。下劣な行為とされていたからだ。

それでも勝つためならなんでもする、これがオグマール流剣術とでも言うべきか。

フィンはその卑劣で残酷な技の数々を、オグマールから伝授された。

「うむ。剣技に限っては、もう教えることはない。隠し武器の用意も周到に準備しておけ」

「はい先生。ご指導ありがとうございました」

王都剣士大会の日が明後日に迫る。

「フィン、必ず勝ち進むのだぞ。先生と私たちは、予選当日に王都に入るからな」

フィンと精鋭たちを乗せた馬車は、両親とオグマールに見送られ、ホワイトス家を発った。

◇◆◇

僕たちは、オーレス領で剣士部隊と合流してから出発し、馬車に揺られながら森を進む。

僕らの馬車は、通常の二倍ほどの大きさがある。これはずんぐりむっくりの白ロバ、ロバートの類稀な力のなせる業だ。

広い馬車の中は快適だ。料理長さんのこしらえた豪華なお弁当を広げ、僕らは旅を楽しんでいた。

「魔獣が増えたせいで、王都に行くにも不便になりましたな」

料理長さんが嘆いている。彼もまた森で魔獣に襲われた経験があるからだろう。

「ええ、私も神託の儀に行く時に魔獣に襲われて……ライカのお陰で助かったけれど」

「あ、あの時の執事さんは元気？　ひどい怪我を負ってしまったけど」

「うん。『癒やし』のお陰で、腕も元通り。でも……」

「でも？」

「幽閉された私を助けようとして、解雇されちゃったの」

ルシアが生まれる前からタートリア公爵家に仕えてきたという執事さんは、ルシアが唯一心を許せる人物だったらしい。

「そうだったんだね……」

「おいライカ。魔獣が出たぞ」

しんみりとした空気が流れる中、御者台にいるマウラさんが魔獣を発見し、馬車を止める。

「どんな魔獣？　美味しい？」

「ニャハハ。ライカは、魔獣を食べ物としてしか見てないニャ」

「こいつは、狼型じゃな」

「ニャぁ。デビルウルフだニャ。美味しくないニャ」

アウズンブルだったら美味しく食べられたのに。

デビルウルフ八体程度なら大丈夫だろう。僕は後方の馬車に向かって叫ぶ。

「おーいトマスさーん」

後ろの馬車からトマスさんが返事をする。

「ライカ教官！　どうかしやしたか？」

「魔獣が出たんだけど、やりたい？」

「よしきた！　いっちょ、やってやりますか」

トマスさんが後続の馬車から意気揚々と飛び出てくる。

「おおお。教官！　これ全部ですかぃ？」

「大丈夫、大丈夫。トマスさんならいけるよ、八体くらい」

「スパルタぁぁぁ」

トマスさんは、一つ星の『火』スキル持ちだ。スキルとしては底辺で、「外れ」に分類される。

一つ星のせいで昔からバカにされてきたらしいが、修練を通して、僕は彼の才能を確信している。

それはスキル操作の才能。トマスさんはとんでもなく器用なのだ。

前に出てきてもおちゃらけていたトマスさんが、真面目な表情に変わり、八体のデビルウルフと対峙する。

普通、一つ星の剣士が倒せる魔獣は、ギリギリ一体が相場だ。

だけど、トマスさんは楽勝するだろう。

案の定、僕の予想通りだった。

トマスさんは双剣に付与したスキルを維持しながら、まるで踊るように魔獣たちを切り刻む。

八体中、七体が一瞬で骸へと変わり、地面に転がった。

次にトマスさんは、剣を交差させ火のスキルを一点に集中させると、最後の一体に向けてスキルを放つ。

最弱の一つ星の炎は、凝縮され蝋燭《ろうそく》の火ほどの大きさになると、目にも留まらぬ速度で魔獣へと飛んでいく。

流れ星のように尾を引く小さな炎は、魔獣の眉間に当たると頭蓋骨を貫通して、森の彼方へ消えていく。

即死だ。最後の魔獣は、断末魔の叫びを上げることもなく絶命した。

それは、一般的な一つ星の炎の威力とはかけ離れていた。

「教官！　どうですかい？」

「すごい！　すごいよ。トマスさん。最後の凝縮した炎の威力はとんでもないね」

今回の予選に参加するために選抜した剣士の中で、一つ星はトマスさんだけだ。

しかし、実戦ならば三つ星にも匹敵するのではないか、と僕は思っている。

「強さは星の数だけではない」と六つ星の僕が言うと説得力はないかもしれないけど、これが僕の星の数論だ。

それからも、王都へ着くまでに遭遇する魔獣の退治は、選抜した剣士たちがいとも簡単にこなしていった。

第六章　予選大会

王都。このカイリーン王国の中心だ。ホワイトス公爵領の街も西の地では一番栄えているが、王都は別格。店の数、人の数、建物の数。全てが桁違い。

しばらく田舎暮らしだったのもあって、王都の規模の大きさに僕は圧倒される。

石畳の街並みを歩いていると、僕の視界の端にガラの悪い三人が映る。

「ルシア！　僕の陰に隠れて」

「え？　どうして」

「あいつら、ルシアを追っていた山賊だ」

街の住人のような服装を着て紛れているが、間違いない。あいつらはたしかにあの時の山賊だ。

三人組は、辺りを見回し誰かを捜している。

「やっぱり。あれは絶対ルシアを捜しているよね……」

「どうしよう」

「取り敢えず、この店に入ろう」

僕たちは街の仕立て屋に逃げ込む。

僕と剣士たちがいるから、山賊たちを撃退するだけなら簡単だろう。

でも、相手の素性がわからない今は、身を隠す方が得策だ。

「いらっしゃいませ。どんな服をご所望ですか？」

「えっと、男の子の服を一式お願いします」

「この女の子に男の子の格好をさせるの？　せっかく可愛いのにもったいないなぁ」

店の女性が、ルシアにはもっと可愛い服が似合うと言外に嘆いている。

「街の男の子みたいな服が欲しいんです」

少し渋い顔をしながらも店の女性が選んでくれた服は、この王都の普通の少年が着ている服装そのもの。

これならばルシアだとバレないだろう。

それにしても、まさか、ルシアの追手が王都に来ているとは……予選大会が終わるまでの三日間、ルシアだけでも屋敷に残してくれればよかったかもしれない。


僕らは王都の中心にある闘技場までやってきた。

円形に設計されたこの闘技場は、階段状の客席があり、収容人数は一万人を超える。

「ここに王都剣士大会、西の地予選大会を開催する」

この大会の開催責任者であるカイリーン王国の剣士部隊元帥が、高らかに開催を宣言する。

ホワイトス領、オーレス領、ハチオージス領、タチカワス領、アーサガヤ領、オクボ領、新オクボ領、ミタカーシ領、オギクーボ領。

闘技場には、西の九つの領地の領主と各五名の剣士部隊が整列していた。

予選大会はトーナメント制で三日間にわたって開催される。一日目の今日は領主の引いたくじ引きで決まった四試合が開会式のあとに始まる。

僕は仮面を着けている。この仮面は屋敷を出る前に料理長さんに渡されていた。

ホワイトス家には、正体を知られない方がいいという料理長さんの助言によるものだ。

だから、大会運営に提出する剣士名簿も、偽名で登録するように手配した。これもホワイトス家の妨害工作を受けないためだ。

料理長さんは、ホワイトス家が過去にも汚い手で勝ち進んできたことを知っていたのだろう。

前回大会で本戦に出場したホワイトス家は、このトーナメントを勝ち上がった部隊と決勝戦を行う。いわばシードだ。

僕たちオーレス領は第四試合、今日のトリ。


第一試合が行われた。ハチオージス領対タチカワス領は、先鋒が全ての相手を撃破し、タチカワス領の圧勝。

圧倒的な試合内容に、会場が湧き上がった。

第二試合、オクボ領対新オクボ領。

ここの領地は、親子の内部紛争によって領地が二つに分かれた経緯があった。いわば骨肉の争いである。

オクボ男爵の長男が子爵の爵位を授かった時から、領地の分断が始まった。

ホワイトス公爵の仲介により本格的な内戦にはならなかったものの、領地を分割することで決別してしまったのだ。

いきり立つオクボと新オクボの領主は、選手たちよりも白熱している。

拮抗した両部隊は、遂に大将戦に突入する。

目を見張るのは、新オクボ領の大将、テス・オクボのレアスキル『霧《きり》』だ。

先のカードで、オクボ領の副将を圧倒したスキルを発動する。

「『霧』〝催涙《さいるい》〟」

剣から噴出される霧が闘技場を包む。

霧の粒子を吸い込むと、目に染みて涙が止まらなくなり、咳き込んで息もできない。

「目がぁ、目がぁ、あぁぁぁぁ」

結局、剣を交えることなく勝敗が決まった。

オクボの領主は息子に負けたことに憤慨し、顔を真っ赤にして闘技場をあとにする。

選手が控える闘技場の袖から見学していた僕らも、このスキルには危機を感じた。

「『霧』か……あのスキル、やばいね」

「ウニャ、マタタビの匂いの霧を出されたら、白虎に戻ったニャレでも危ニャいかもしれニャいニャ」

「ワタシも焼きアカマツタケの匂いの霧を出されたら、負けてしまうかもしれまセン」

「食い意地ーーーーっ！」

第三試合は見物《みもの》だった。

ミタカーシ領とオギクーボ領の戦いは、色眼鏡を掛けたニヒルな風貌のミタカーシの大将、モーリ・ミタカーシの活躍に観客が沸いた。

モーリは逃げ惑う相手選手に向けて容赦なく攻撃を繰り出す。

「見せてあげよう！　私の雷を！　『雷』〝天《てん》の矢《や》〟」

闘技場に暗雲がたれ込め、モーリの剣先から雷撃が放たれる。

逃げ惑うオギクーボ領の大将。

「はっはっは、逃げたまえ！　どこへ行こうと無駄だがね」

追い詰められたオギクーボ領の大将にモーリが言い放つ。

「跪け、命乞いをしろ！」

壁際に追い詰められたオギクーボ領の大将は、遂に観念した。

「ま、参った」

そして、今日の最後の試合。僕たちオーレス領とアーサガヤ領との試合の順番が回ってきた。

「なんで、オイラが先鋒《せんぽう》なんですかい？」

「一つ星だからさ」

騎士の家系の剣士、サー・ケカスさんがトマスさんをバカにしたような口調で言う。

「ケッ、一つ星をバカにしやがって。よーし！　俺が相手の大将まで五人抜きしてやらぁ」

意気込み通り、双剣にスキルを付与したトマスさんは、『火』のスキルを一度も発動せずに相手の副将までを次々と撃破してみせた。

「先鋒トマス対大将ゲーニン・アーサガヤ！　開始！」

五人目の相手との試合が始まる。

開始の合図と同時に、敵の大将がスキルを発動した。

『土』〝砂《すな》の鎧《よろい》〟」

相手の体に地面から吸い上げられた土が纏わりついていく。

それはギシギシと音を立て、高密度の鎧となった。

「この鎧は、剣や槍などでは傷一つ付けられない鉄壁よ」

「へっ！　ご丁寧にご説明ありがとよ！」

トマスさんは地面が抉れるほど強く踏み込み、疾風の如き速さで相手に斬りかかった。

目で追えるだけでも十連撃は浴びせただろう。

しかし、砂の鎧を纏った相手は一歩も下がらず「ニィ」っと口角を上げた。

「トマスといったか、スキル付与の双剣。また、その剣技は素晴らしい。だが相性が悪かったな」

相手の大将、ゲーニンは勝利を確信したように余裕を見せる。

「おい、アンタ。この大会の誓約書にはサインしたかい？」

トマスさんは、余裕の表情でゲーニンに問う。

「ああ、それがどうした？」

「そいつぁ、良かった。どんな致命傷を負っても王都の治癒士部隊がすぐに治してくれるらしいじゃねぇか」

「ああ、なんだ。怪我の心配か」

ゲーニンは呆れた表情で返事をする。

「その通り怪我の心配さ。お前ぇさんのな」

トマスさんは双剣を交差させて構え、火のスキルを凝縮させていく。

森でデビルウルフに放ったあの技だ。

「何かと思えば、そんな小さな炎か。この鎧にそんなものが効くとでも思っているのか」

トマスさんの双剣の交差点に光球が出現し、踏み込むと同時に、ゲーニンに向かって発射される。

小石程度に凝縮された炎が、慢心したゲーニンの鎧ごと右足を貫通する。

「グアァァア！　な、なんだこの威力、私の砂の鎧が……」

「どうだ？　一つ星の炎は。痛ぇだろう」

「ぐっ！　一つ星だと？　この威力でか……」

片膝を地面につき、痛みに耐えるゲーニンの体から砂の鎧が剥がれ落ちていく。

トマスさんは、ゲーニンに近寄り剣を突きつける。

「もう一発、喰らっておくかい？」

「や、やめてくれ……降参だ！　降参する」

「勝者！　トマス」

審判が高らかに宣言すると、トマスさんが剣を高く掲げる。

客席から歓声が沸き上がる。

「五人抜きだぞ！　あの一つ星」

「一つ星だと！　相手は三つ星の大将だぞ」

「トマス！　一つ星の星！」

「「一つ星！　一つ星！　一つ星！」」

観客たちの声援を聞いたトマスさんが呟く。

「一つ星コール……なんかバカにされてるみたいで気分悪ぃな……」


これで予選大会の一日目が終わった。

僕たちは、王都の酒場で一回戦突破の祝勝会をしている。

酒場にいる他の客が僕らを見つけると、称賛すると共にお酒をどんどんご馳走してくれる。一躍有名人だ。

「おいトマス！　お前すごかったな。入隊した時は、落ちこぼれの一つ星だったのにな」

オーレス剣士部隊長、アテイラズさんがトマスさんを褒める。

「これもそれもどれも、ライカ教官のお陰でさぁ」

「トマスさんの器用さには僕も驚いたよ。スキルもだけど、双剣の剣技にも」

僕自身、双剣使いだからわかる。

双剣をあれほど自在に操るのは相当むずかしいのに、あの短期間で二刀流をものにしたトマスさんは、センスがある。

「ライカ教官！　オイラの双剣どうですかい？」

「トマスさん、僕の動きを真似してるでしょ」

「お。さすが。仰る通りでさぁ。身の丈が小せぇオイラは、教官のような動きが合ってると思いましてね」

「むむ！　僕の背が小さいって言いたいの？」

僕は冗談めかして、トマスさんに文句を言う。

未だ、二刀流を使う剣士と手合わせしたことがないので、好奇心が刺激される。

「でも本当にびっくりしたよ。トマスさん、あとで手合わせしようよ」

「やや！　勘弁してくだせぇ。明日の試合に響いてしまいやす」

「あら、トマスさん。怪我しても私が治してあげるから大丈夫よ」

「いや、ルシアちゃん、そういう問題じゃなくてですね……」

「あははは」

この大会に出る剣士は最低でも二つ星、大体が三つ星のスキルを授かった者たちだ。

レアスキルでもない平凡な一つ星の『火』のスキル。料理長さんと同じレベルの者が、三つ星の大将までを破って五人抜きをするなんて快挙だ。


賑やかに祝勝会が行われていたが、急に水を差された。

「よう小僧、また会ったな」

振り向くと、三人組の山賊がいる。

「あ、山賊のおじさんたち！」

「せっかく街の人に変装してるのに、バラすんじゃないでやんす」

細身の山賊が唾を飛ばしながら叫ぶ。

「あ、ごめん。何してるの？」

「娘っ子を捜してるでがんす」

「余計なことを言うな！　ガンス」

「すまねぇ、アニキ」

ガンスと呼ばれた間抜けそうな太った山賊が、リーダーらしき男の拳骨を食らった。

「ん……おい、そこの少年」

男装をしたルシアに向かって、アニキと呼ばれている山賊が声を掛ける。

まずい！　バレたか？

最悪、戦闘になるな。僕は、テーブルに立てかけていた刀を引き寄せる。

大騒ぎになってしまうだろうが、しょうがない。この悪党たちにルシアを渡すわけにはいかない。

僕は、部隊の皆に目配せをする。

瞬間――

「おい、山賊風情が俺達の祝勝会を邪魔するなら、相手になるぞ」

泥酔状態のケカスさんが立ち上がる。

「おお！　そっちがやる気ならやってやるでやんす！」

ケカスさんと細身の山賊ヤンスが胸ぐらを掴み合う。

「なんだ？　喧嘩か？」

「お！　五人抜きのトマスたちに喧嘩を売ってるバカがいるぞ」

「やれ！　やれ！」

酒場の客が騒ぎ始める。

それを見たアニキと呼ばれるリーダーがヤンスを制止する。

「ヤンス！　ガンス！　帰るぞ」

彼の命令に従い、山賊たちは渋々酒場をあとにした。

「ありがとうケカスさん」

「あの野郎どもめ。この騎士、サー・ケカス様に尻尾を巻いて逃げた。かっはっは」

泥酔したケカスさんは、そのままバタンと倒れ、爆睡し始める。

「ったく……なにがサー・ケカスだよ。ただの酒カスじゃねぇか……」

トマスがケカスさんを担ぎ上げながらぼやく。

◇◆◇

山賊たちは夜の街を歩き、宿屋へと帰っていく。

「アニキ、あの娘っ子見つからないでやんすね」

「そうだよアニキ、やっぱりまだ森の中にいると思うでがんす」

「ったく、お前らの目は節穴か。さっきの剣士たちといた少年。あれが、あの娘だ」

「ええ！　あの娘っ子、男の子だったのですかい？」

「ガンス、お前は本当にスカポンタンだな……男装しているだけだ。さて、宿に戻って作戦を練るぞ」

◇◆◇

予選二日目。

今日の第一試合、ミタカーシ領とタチカワス領の熾烈《しれつ》な戦いを僕らは選手用の控室から見ている。

試合は大将戦へともつれ込んだ。

モーリ・ミタカーシ対ファーレ・タチカワスの三つ星レアスキル『雷』対決。

暗雲がたれ込める闘技場で、迸《ほとばし》る稲妻が激突する。

ファーレが槍に雷を纏わせ、突きを繰り出す。

モーリは大剣を盾のようにしてそれを防ぐが、嵐のように襲いかかる槍の連突に大剣がついに砕けた。

ファーレはそれ以上の攻撃をやめ、槍を構えたままで間合いを取り沈黙する。

「負けたよ。ファーレ。今回はお前の勝ちだ」

数十分に及ぶ長い試合に終止符が打たれ、闘技場には歓声が上がる。

「三つ星のレアスキル同士の戦いはやっぱり派手ですな」

「ああ、俺もレアスキルを授かりたかったぜ」

僕らの部隊の中堅、オッツマーミさんとアテイラズさんが、試合の感想を語りながら盛り上がっている。

先程の戦いで穴だらけになった闘技場の地面を整備する大会運営の職員たち。手際が良くあっという間に元通りになった。

次はいよいよ僕たちオーレス領対新オクボ領の戦いだ。

「さてさて、今回もオイラが五人抜きしてやらぁ」

トマスさんが、双剣を振り回し自分を鼓舞する。

圧倒的な剣技で新オクボ領の剣士たちを叩き伏せていくトマスさんは観客の声援を背に受け、

あっという間に四人を撃破した。

そして、トマスさん対新オクボ領の大将テス・オクボの戦いが始まる。

「『霧』〝濃霧〟」

開始早々にテスがスキルを発動する。濃い霧がトマスさんと大将テスを包み込む。霧は更に濃度を増し、僕らや観客からは二人の姿が完全に見えなくなった。

「どうなったんだ！」

「見えないぞ！」

観客たちが不満の声を上げる。

しばらくすると剣と剣がぶつかる音が消え、霧が晴れていく。そこには気を失ったトマスさんが倒れていた。

「勝者、テス・オクボ」

審判の声が闘技場に響き渡る。今まで次々と相手を撃破してきたトマスが敗れたことに、観客は声を失う。

「すいやせん、手も足も出やせんでした……」

係員に担がれて戻ってきたトマスさんが、僕たちに謝罪する。

「相性が悪かったのさ、トマスさんは気にしないで休んでいて」

スキルを使った剣士同士の戦いは相性に大きく左右される。

トマスさんのスキルが、霧を蒸発させるほどの火力を持つ三つ星ならばもっと戦えたのだろうが、一つ星の火力では成す術《すべ》がなかった。

「オーレス領の次鋒、ケカス。前へ」

審判が次の試合を促す。

「さて、ついに私、サー・ケカスの出番だな。かっはっは」

「頑張ってケカスさん。霧に気をつけてね」

「ふふふ。教官殿、お任せください。必ずや勝利を獲って参りましょうぞ」

先程の試合と同様、開始の合図と同時にスキルを発動する敵の大将テス。

相性で見れば、今回はこちらに分があるはずだ。だって、ケカスさんのスキルは『風』なのだから。

ケカスさんは風のスキルを剣に纏わせると、体を回転させる。ケカスさんを中心として円状に広がる風が霧を消し飛ばした。

「さぁ、テス・オクボ殿。ご覚悟を」

「くっ。風か……」

テスは霧を連続して出現させながら、距離を取る。

風を纏ったケカスさんの剣が次々と霧を消し去りながら距離を詰める。

テスは苦し紛れに最大出力で霧を出す。

「『霧』〝毒〟。この大量の毒の霧を、お前の風で吹き飛ばしてみろ！　観客にまで被害が出るぞ」

ケカスは距離を取り、剣に纏わせた風を解除した。

「ははは。形勢逆転だな」

ケカスさんの表情が変わる。いつも高飛車でナルシストなケカスさんの、こんなに冷静で冷酷な視線は初めて見る。

ケカスさんは剣を鞘に収めた。

「ははは。降参か。ならば降参と宣言しろ！　ケカス」

ケカスさんはテスの言葉を無視して、鞘と剣の両方にスキルを付与する。

「『風』〝居合一閃〟」

ケカスさんが横一線放った居合い切りは、広範囲に鋭い風の刃を発生させる。

その刃は、毒の霧ごとテスを切り裂いた。

静けさの中、毒霧が消えたあとには、斬撃により体を一文字に斬られたテスが転がっていた。

「勝者！　ケカス」

「ふん。領騎士道のかけらもない輩め。恥を知れ」

それは、いつも格好つけているだけのケカスさんが、本当にかっこよく見えた瞬間だった。

これであと二勝すれば本選だ。次の試合は、タチカワス領との戦い。

王宮の治癒士たちが両部隊の治療をする間、しばしの休憩を挟む。

休憩の間、僕らは剣士控室で小白虎たち応援組と共に、料理長さんが用意したお弁当を食べている。

「トマスの小僧が頑張っておるせいで、ライカはずっと高みの見物でええのぅ」

マウラさんが僕に嫌味を言う。

「高みの見物ってわけじゃないけど、トマスさんもケカスさんも本当に凄かったよ」

「ウニャ。客席から見てると、ライカはお面を被って見学をしてる子供みたいだったニャ」

「うるさいな、しょうがないだろ。正体を隠してるんだから」

「ニャハハハ、しかもダサい猫のお面って……」

爆笑している小白虎に、料理長さんが申し訳無さそうに言う。

「これ、私が一生懸命、猫さんをモチーフに作ったんですが……」

「ニャんだと！　料理長……ニャレはこんな不細工じゃないニャ」

和《なご》やかな雰囲気の中、ニャーメイドさんが口を開く。

「アノ、ライカ様」

「ん？　なんだい？　ニャーメイドさん」

「次の対戦相手の『雷』に気をつけてくだサイ。モシ戦うことになったら、ライカ様との相性は最悪デスので」

ちょうど僕も同じことを考えていた。

「うん。僕もそれが心配なんだ。ニャーメイドさんくらい速く動ければ避けられるんだけどな」

「無理デスね。ライカ様は鈍亀《どんがめ》のように遅いデスから」

「口撃……鋭いって」

治療も終わり僕たちオーレス領とタチカワス領の対戦が始まる。

初戦はトマスさん対フロム・テューブ。

相手は二つ星の『火』のスキルを授かった剣士だ。単純な星の数であればトマスの分が悪いが、彼は剣技とスキルの操作に秀でている。

試合開始と同時に放たれた相手の大きな炎を、トマスの小さな炎が貫通し、剣技でも圧倒する。

トマスの双剣が相手の剣を破壊し、あっという間に決着がついた。

「へっへー。どんなもんでぇ！　一つ星の星の実力は」

観客席から一つ星コールが沸き上がる。どうやらトマスさんは、中年の男性たちに人気のようだ。

「ちっ、オイラのファンはおっさんばかりかよ」

かつて剣士を夢見たが、授かったスキルが一つ星であったために諦めた者たちにとって、トマスさんは文字通り〝星〟なのだろう。

トマスさんの二人目の相手はグランデュオス。大きな体躯の戦斧《せんぷ》使いだ。

ここでも、相性の悪さが邪魔をする。グランデュオスは重い戦斧をまるで剣のように軽々と振り回す。

その攻撃は、防御していても小柄なトマスさんの体を吹き飛ばす。

風の属性を纏った戦斧は、トマスさんの小さな炎の勢いも殺し、いつしか成す術がなくなる。

闘技場の端に追いやられたトマスさんは、何度も壁に叩きつけられ、遂には膝をついてしまった。

審判が試合を止め、グランデュオスの勝利を宣言する。

トマスさんは地面を叩いて悔しがっていた。

「ちっきしょう。あれじゃあ手も足も出ねぇ……」

「ハハハ。トマス君。私が君の仇《かたき》を取ってやろう」

トマスさんと入れ替わるように、意気揚々と闘技場の中心に向かうケカスさんは、余裕の表情を見せる。

『風』同士、正々堂々の勝負と行こうじゃないか」

「チビの次はヒョロガリか。相手にならんな」

グランデュオスがケカスさんを見下したような態度を取ると、ケカスさんが怒りの表情を浮かべる。

「貴様、愚弄《ぐろう》する気か」

試合が始まると同時に、ケカスさんの風の居合が飛ぶ。

相手は振り回す戦斧にスキルを纏わせ、竜巻を繰り出した。風同士がぶつかり、闘技場に台風のような強い風が吹く。

互角のように見えた戦いは、徐々に差が開き始める。

ケカスさんに詰め寄るグランデュオスの竜巻は次第に大きくなり、その回転速度は一層激しくなった。

「くっ……逃げ場がない」

竜巻に巻き込まれ、息ができないのか、ケカスさんは苦悶の表情を浮かべる。

しばらく耐えていたが、竜巻が収まる頃には窒息し苦悶の表情のまま、白目を剥いて膝をついていた。

「勝者！　グランデュオス」

同じ星の数、同じ『風』属性の勝負は、相手に軍配が上がった。

担架に乗せられ運ばれるケカスさんに目をやりながら、オッツマーミさんが立ち上がる。

「よし、やっと俺の出番か」

中堅のオッツマーミさんは、グランデュオスに劣らないほどの体躯をしている。

オッツマーミさんは体格に似合わず器用な人で、『土』のスキルを凝縮した岩の攻撃は、オーレス領の剣士部隊一の威力を誇る。

嬉しそうにニヤつくグランデュオスが、戦斧の柄で肩を叩きながら言う。

「やっと骨の有りそうなやつが出てきたか」

「ガッハッハ。力比べと行こうか。筋肉ダルマ」

「筋肉ダルマは、お前もだろう。ふふふ。上腕二頭筋が鳴るぜ」

審判の合図で、二人が同時にスキルを発動させる。

「『土』〝岩槌《いわつち》〟」

オッツマーミさんは剣に土のスキルを付与すると、更に圧縮し岩を作り出す。

グランデュオスは戦斧に風の渦を纏わせ振りかぶる。

「うぉりゃぁぁ」

「おぉぉぉぉ」

岩の槌と風の斧とがぶつかる鈍い音が闘技場に響く。

互角。お互いに、ニィと口角を上げると、続いて二撃目。

またも互角。力の拮抗した二人は互いに距離を取る。先に次の攻撃準備に入ったのはグランデュオスだった。

先程、ケカスを倒した大きな竜巻を繰り出す。

この技に巻き込まれると、逃げることができず窒息させられてしまう。

息ができなければ、失神は必至だ。

竜巻が眼前まで迫りくると、オッツマーミさんは竜巻を避けようともせずに剣を地面に突き立てスキルを発動させる。

『土』〝岩《いわ》の壁《かべ》〟

剣を突き立てた地面が盛り上がり、大きな壁となる。

「ガッハッハ。そよ風そよ風」

オッツマーミさんは余裕の表情で笑って見せる。

「くっ、面倒くさいスキルだな」

攻撃が効かないことに苛立つグランデュオスだが、オッツマーミさんのスキルは、それだけでは終わらなかった。

オッツマーミさんが作り出した壁は次第に大きくなり、竜巻ごとグランデュオスを覆う。

岩の壁に完全に閉じ込められた相手は、真っ暗なその中で何を思うのだろうか。

「よし！　仕上げと行こうか！」

オッツマーミさんは、その体格には似合わないほど高く跳躍し、巨大な岩の槌を剣に纏わせ、相手を閉じ込めたドーム状の岩ごと叩き割る。

「『土』〝岩槌〟崩落だぁぁぁ！」

洞窟の崩落が起きたような轟音が鳴り響く。

土煙が上がり、崩れた岩の下にグランデュオスが倒れていた。

岩の槌が付いた剣を高々と掲げ雄叫びを上げる。

「勝者！　オッツマーミ」

「うぉぉぉ！　スキルは筋肉だぁぁぁ」

「オッツマーミさん。僕のスキルの座学を理解していなかったんだな……」

白く長い外套《がいとう》に身を包むキツネ目で長身の剣士。

相手側の中堅、オーガ・コーエンが闘技場の中央に向かって歩いてくる。

「脳筋同士の戦い、面白かったぞ」

オーガ・コーエンがオッツマーミに話しかける。

「あん？　お前が次の相手か」

さっきのタチカワス領とミタカーシ領の戦いには居なかった人だ。

僕は、このオーガ・コーエンという男が醸し出す不気味な雰囲気が、とても気になった。

ゆらゆらと体を揺らしながら、独特の歩き方で闘技場を歩く不気味な男。戦いには不向きな分厚い白い外套に身を包んでいる。

彼は剣士なのに帯剣していない。

一体、どんな戦い方、どんなスキルの持ち主なのだろうか。

「開始！」

審判が声を上げた直後、オッツマーミさんの体に無数のナイフが刺さっている。

それは、一瞬の出来事だった。

続けて外套の襟元から内側に両手を差し込んだオーガ・コーエンが手を抜いた。

その瞬間、目で追うのも難しい速度で無数のナイフが放たれる。ナイフは防御が間に合わないオッツマーミさんの体に次々と食い込む。

「グググッ」

苦痛の表情を浮かべるオッツマーミさんの体から、ひとりでにナイフが抜かれ宙に浮くと、オーガ・コーエンの手元へと戻っていった。

全身から血を吹き出すオッツマーミさんが崩れ落ちる。

「勝者オーガ・コーエン！」

大量の出血のため危険と判断した治癒士たちが、即座にオッツマーミさんに駆け寄り『癒やし』のスキルを施している。

なんだ！　あんなスキルは見たことがない。


試合後オーガ・コーエンはオッツマーミさんの血で濡れたナイフを洗うために控室へ向かった。

彼が闘技場へと戻って来ると相手側の副将レイン・ボープルが話しかける。

「オーガ・コーエン。来ないかと思ったぞ」

「ああ？　うるせぇなぁ。ちょっと野暮用があったんだよ」

「貴様！　その態度はなんだ、この傭兵風情が！　ちゃんと説明しろ。野暮用とはなんだ？」

「聞くのが野暮だから野暮用なんだろう。お前、殺しちゃうぞ？」

苛ついた表情のオーガ・コーエンがレイン・ボープルを睨みつけると、レイン・ボープルが萎縮する。

「あ、ああ、すまなかった。怒るなって」

「ふん」

振り返り、闘技場の中央に向かうオーガ・コーエン。

次の瞬間――

「あ、がっ」

レイン・ボープルの胸と腹に深々とオーガ・コーエンのナイフが刺さっている。

あいつ、仲間を……僕にはあいつの行動が理解できない。

残酷な行動に静まり返る会場の中、オーガ・コーエンが口を開く。

「あーあ。またナイフを洗わないといけない。俺は綺麗好きなんだよ」

オーガ・コーエンが、再度控室へと向かう。


「お待たせ。悪いなぁ。ウチの剣士がうるせぇからさ。ゴミの分際で」

闘技場中央で、僕らの副将アテイラズさんと対峙すると、オーガ・コーエンが話しかける。

「なぁ、刃物って良いよな」

「なんだ急に？」

突拍子もない問いに、アテイラズさんが訝しげな表情で聞き返す。

「お前もさっき見ただろ？」

「何をだ？」

「お前の仲間に俺のナイフが刺さった時のハッとした顔だよ」

「なっ！」

「まぁその顔もいいが……俺はね、抜いた時が好きなのよ。不安と絶望のちょうど境目の顔がさ」

仲間の苦しみをバカにされたからか、怒りを露わにしてアテイラズさんが怒鳴る。

「だまれ、貴様のような異常者の考えなんて、理解できん」

「悲しいことを言うね。はぁ、同じ剣士同士わかり合えると思ったのになぁ」

オーガ・コーエンは呆れた表情を見せながら試合開始位置に移動すると、気だるそうに言う。

「ほら審判、さっさと始めるぞー」

試合開始の合図と同時に、オーガ・コーエンが外套の中に手を差し込むと、投げナイフが発射される。

攻撃を予測していたアテイラズさんは、咄嗟に水の壁を出現させて防御し、地面に四本の投げナイフが転がる。

「へぇ。勘がいいね、お前。いいぞぉ」

オーガ・コーエンがニヤニヤと笑う。

「よく喋る野郎だな。これでもくらいやがれ！『水』〝水刃《すいじん》〟」

凝縮された水の圧力がオーガ・コーエンに襲いかかる。

オーガ・コーエンは二本のナイフを交差させて防ごうとするが、彼は急に防御を解き、攻撃が当たる寸前に身を翻《ひるがえ》した。

「おぉ、危ない危ない。えげつない技だね。あはは」

水の刃に触れた片方のナイフが切断されている。

オーガ・コーエンはそのナイフの断面を見ながら、笑みを浮かべた。

「よし、ギアを上げるぞ。ちゃんと防ぎ切ることができるかなぁ？」

アテイラズさんが展開した水の壁に向かって発射されるオーガ・コーエンのナイフは、徐々にその数が増えていく。

絶え間なく飛んでくるナイフを、アテイラズさんは、水の壁で防ぐのがやっとだ。

時間にして五分間程の一方的な攻撃が続く。

「うん。よくここまで耐えたね。お前、合格だよ」

「ふっ、合格特典でもあるのかよ？」

「うん、あるよ。結構楽しめたし、勝ちを譲ってあげようか？」

「なっ！　なんだと？」

「今回は特別にね。ご褒美だよ」

オーガ・コーエンはアテイラズさんに背を向けると、自陣へと向かう。

「オーガ・コーエン、降参するのか！」

審判が問いかけると、オーガ・コーエンが振り向き舌を出す。

「しねぇよ。バーカ」

次の瞬間、水の壁に防がれ地面に転がっていた無数のナイフが、アテイラズさんに刺さる。

「ぐっ、ゴフっ」

「カーハッハッハ。ひっかかったね」

「ひ、卑怯な」

苦痛に顔を歪めるアテイラズさんが、オーガ・コーエンを睨みつける。

「そうそう、その顔だよ。それが見たいんだ、そして……」

オーガ・コーエンが両手を広げると、アテイラズさんの全身に刺さっていたナイフが一気に引き抜かれる。

痛みに悶絶する声が会場に響く。

「あ、あ、アァァ！　いいぞ。その声、その顔！　その顔だよ！　お前、やっぱり合格だわ」

崩れ落ちるアテイラズさんの頭に足を乗せ、背中に刺さった最後の一本を抜くオーガ・コーエン。

「おい、審判員。こいつの治療をしてる間、俺ナイフを洗ってくるわ」

ヘラヘラと笑いながら控室に戻っていく様《さま》に、観客だけでなく、タチカワス領の剣士たちも言葉を失っていた。

卑怯な戦い方を見て僕は、はらわたが煮えくり返りそうだ。

でも、あの実力と謎のスキルを相手にどう戦えばいいんだろう。

先程の惨劇のあと、闘技場へ上がるのが僕のような子供だったことで、客席にはどよめきが渦巻く。

ナイフで串刺しになる子供なんて、誰も見たくないだろう。

「大将、キョーカン・オーレス。前へ」

え？　キョーカン・オーレス？　誰だ？　僕でいいんだよな。

闘技場でキョロキョロと辺りを見回すが、審判にも注意されないし、きっと僕のことだろう。

開始の合図とともに、いよいよ僕とオーガ・コーエンの試合が始まる。

先程の戦いを見てから、ずっと何かの違和感を覚えていた。

オーガ・コーエンが、ゆらゆらと体を揺らしながら僕に近づいてきて言い放つ。

「おいおい、お面を被った子供がここで何をしているんだ？　迷子か？」

「いや迷子じゃない。僕がオーレス剣士部隊の大将だ」

「カーッハッハ。こんな子供が大将って、バカなのかよ。降参しろ。見逃してやるから」

「……しない」

「最後のチャンスだぞ。さっさと降参しやがれ」

「しない！」

僕はきっぱりと言い切る。

「はぁ……ぶっ刺せるなら、子供でもいいか」

オーガ・コーエンは後ろを向きながら、一本のナイフを発射した。

僕は、『ダウジング』でナイフをターゲットにして薙ぎ払うと、また違和感を覚えた。

オーガ・コーエンが首を傾げる。

「おい、お前……なんで生きてる？」

訝しげな表情をしながら、やつは片手でナイフを取り出す。

続けざまに数本のナイフが飛んでくるが、僕はまたもその全てを払い落とした。

「うーん。おっかしいな。なんで刀二本だけで対処できるんだ？」

オーガ・コーエンは構える。僕を敵と認めたのだろうか。

外套に両手を差し込む動作。次の瞬間には二十本以上のナイフが、残像を残しながら一斉に飛んでくる。

僕は襲いくるナイフに向かって跳躍し、回転しながら全てを薙ぎ払って見せた。

「おいおいおいおいおい、どうなってる？　こんなこと初めてだぞ。おい、子供！　お前のスキルはなんだ？」

「教えない！　お前のスキルこそ一体なんなんだ？」

「俺のスキルか……俺のスキルはな」

一体、どんなスキルなのだろうか。見たことのないスキルだ。レアスキルだろうか。

「教えねぇよ！　バーカ！」

払い落として地面に落ちていたナイフが一斉に飛んでくる。

さっきアテイラズさんが食らったあれだ。僕は『ダウジング』を発動させるが、一瞬だけ反応が遅れてしまう。

「痛っ！」

「あれだけのナイフで刺さったのは一本だけか……すげぇな！　お前！　合格だ」

僕は、左肩に刺さったナイフを抜くと、狩りをする時の要領で、相手の急所にめがけて『ダウジング』を発動させる。

オーガ・コーエンに向かって勢いよく飛んでいくナイフは、急所に刺さる直前に掴まれた。

ナイフを掴んだ掌から血が滴り落ちる。

恍惚とした表情を浮かべるオーガ・コーエンが叫んだ。

「子供！　お前のスキルも『磁力《じりょく》』か！」

聞き逃さなかった。「お前のスキル〝も〟」ってことは、オーガ・コーエンのスキルは『磁力』。

聞いたことが無いスキルだ。

でも、スキルの仕組みがなんとなくわかった。オーガ・コーエンは磁力を使って、ナイフの発射と回収をしているのだろう。

興奮したオーガ・コーエンが立ち止まり、深呼吸をすると、汗と一緒に前髪をかきあげる。

「ふぅぅ。初めて人を殺した時以来だよ。こんなに胸が高鳴るのは」

ずっとニヤニヤしていたオーガ・コーエンの顔から表情は無くなり、冷たく残忍な目つきで僕を見つめ、構えをとっている。

「まさか、こんな予選ごときで本気を出すほどの相手に会うとはな。しかも子供……」

オーガ・コーエンは、闘技場の端の方まで距離を取ってから外套を脱ぎ捨てた。

地面に落ちる外套からは、ざっと見ても三百本以上のナイフが浮かび上がる。

眼の前にいる剣士は、今までに出会った中で、間違いなく一番強い。

まずいな。

あの数のナイフ全てを『ダウジング』でターゲティングするのは、僕にはできない。せいぜい三十本というところだろう。

その十倍の数を捌き切るなんて……

今は、対処できる数のナイフを全部破壊していくしか策がない。

この白虎の爪の刀を作ってもらった時に言われた、マウラさんの言葉が頭をよぎる。

――わかっていると思うが、白虎様の爪の切れ味じゃ。対人戦の時は峰で戦わんと、相手の剣ごと真っ二つにしてしまうけぇ気ぃつけぇよ――

森で初めて白虎と会った時と、オーレスの街のスタンピードの時。僕が白虎の戦いを見たのはこの二回だ。

あの時、腕を一振りしただけで、白虎の爪は硬い魔獣を、まるで豆腐のように切り裂いた。

伝説の四聖獣である白虎の爪を、僕は人間に向けようとしている。

治癒士たちでも治せないかもしれないほどの攻撃力を、僕は今から人間相手に振るう。

……よし。覚悟は決まった。僕は両手に握る刀の刃の向きを変えた。

オーガ・コーエンの周りに等間隔に並んで浮かぶ無数のナイフは、まるで尾羽を広げた孔雀のようだ。

攻撃態勢に入るオーガ・コーエンは僕を中心に時計回りに走りながら、ナイフを発射してくる。

僕は、そのナイフを『ダウジング』でターゲティングして、破壊する。

「おいおい、なんだぁ？　その異常な切れ味は！　すげーなぁ」

オーガ・コーエンは叫びながら、次々とナイフを連射してくる。

防戦一方だが構わない。オーガ・コーエンが持つ全てのナイフを破壊するまでの辛坊だ。

やつは笑い声を上げる。

「すげぇな！　合格だ！　合格だよ！　お前。カーハッハ」

間髪容れず、依然ナイフの群れは僕に襲いかかってくる。

一本にターゲティングが間に合わなかったが、僕はギリギリのところで直撃を避け、ナイフは僕の頬を掠《かす》めるに留まる。

動きを止めたオーガ・コーエンが、一瞬だけ考え込む。

「ん？　あ？　そうか」

オーガ・コーエンがニタリと笑う。

「なぁ、お前のスキルで対処できるナイフの数って、三十本が限界だろ」

バレた。今の僕の『ダウジング』でターゲティングできる数は、三十が上限だ。

「図星だな。カーハッハッハ。俺の残りのナイフは三十四本だ。俺の勝ちだなぁ。おい」

一瞬の沈黙で、やつの予想が当たっていることを示してしまった。

絶体絶命だ。どうする。

「優勢だと嬉しくなっちゃうね。俺は絶対外さねぇぞぉ」

オーガ・コーエンは両手を広げ、ナイフを一列に並べる。

「もっと楽しみたかったけど、終わらせよう」

ナイフが発射準備に入る。

何か、手を考えなければ……今僕にできること。被害を最小限にする方法を。

「ジ・エンドだ」

オーガ・コーエンが両手を僕の方に振ると、三十四本のナイフが一斉に僕をめがけて飛び出す。

最初の二本はスキルを使わずに自力で破壊する。それと同時に刀にスキルを付与する。

よし！　ここで『ダウジング』を発動！

その後のナイフ三十本を破壊した。スキルの効果を失った刀の間を二本のナイフがすり抜ける。

僕はこの二本のナイフを避け――られなかった。

燃えるような熱さと、遅れて襲ってくる激痛。ナイフは、僕の両足の太ももに深々と突き刺さっていた。

だが、これでいい。

オーガ・コーエンにナイフを回収される前に、太ももから引き抜き、白虎の刀で叩き割る。

両足を犠牲にしたが、これで相手は丸腰だ。

「あーあ、武器が無くなっちまった。あの数を作るのに金がいくらかかると思ってやがるんだよ」

尚も余裕の表情を浮かべるオーガ・コーエンに、僕もなんとか焦りを見せないように努める。

「どうする？　僕はまだ武器を持っているぞ」

「へぇ、その足で戦えるのかい？」

「あんたを斬るくらいはできるさ」

ハッタリだ。本当は痛みで踏み込むことができない。

「そうかぁ。打つ手なしかぁ……悔しいなぁ」

オーガ・コーエンが頭を掻きむしって、悔しがる。

「なんてね」

瞬間——僕の脇腹に激痛が走った。

見てみると破壊したナイフの柄が、僕の脇腹にめり込んでいる。

「あのね、破壊したって無駄なんだよ。ナイフが鉄の礫《つぶて》になっただけさ」

「くっ」

「きれいに真っ二つにしてくれちゃったからな、単純計算で六百個の鉄礫が、お前の周りにあるんだよ」

やつのスキルは『磁力』。考えてみれば、ナイフを折ろうが割ろうが、金属である以上操ることができるのは当然だ。

「ぐっ！」

「ピーンチだね！　何か策はあるかい？」

オーガ・コーエンは手負いの獲物をいたぶる獣のように、一言話すごとに一つの鉄礫を僕に飛ばす。

「痛っ！」

「降参しちゃう？」

「ぐあっ」

「お前のスキル、ターゲットにできるのが三十個だったよな」

「ぐあぁ」

「俺がターゲットにできる数はね、千個なんだよねぇ」

「な！」

「絶望しただろ？　というか、なんでお前さっきから地面に落ちてる鉄礫で俺を攻撃しないの？」

できるわけないじゃないか。手が届かなきゃスキルを付与できない……

「ふーん。じゃ、俺と同じ『磁力』じゃないのか。じゃあ、なんのスキルなんだろうなぁ」

痛みで途切れそうになる意識の中で考える。

オーガ・コーエンは多分、『磁力』スキルの斥力《せきりょく》を使ってナイフを飛ばし、引力を使ってナイフを回収しているんだろう。

たしかに僕の『ダウジング』に似ている。『ダウジング』は引力……ということは、斥力は……

そうか……

ああ、除外みたいなもんか。

「じゃあ、終わりだね。残りの鉄礫を全部めり込ませたら、治癒できないかもだけどさ」

地面に散らばる鋼鉄の礫の全てが宙に浮き、オーガ・コーエンの手の動きに合わせて、僕に迫りくる。

「ほら！　ひき肉になれぇ！」

「『ダウジング』──〝除外〟〝鉄礫〟！」

僕のスキルを全力で付与した双刀が、鉄の礫を反発し避けるように動き出す。

僕は手から離れそうになる刀を握りしめ、刀の動くまま、目一杯頭上へと振り上げる。

必死のことで、どうなったのか理解できなかった。

闘技場にいる全員が沈黙し、少しの風の流れる音のみが聞こえる。

僕に襲いかかってきた約六百の礫は一つ残らず見当たらない。

「あ？」

両手をだらりと落としたオーガ・コーエンは、眼の前の光景を見て呆気にとられている。

「だめだこりゃ。本当に打つ手なしじゃねぇか」

つまらなそうな顔をしているオーガ・コーエンが審判に告げる。

「……降参だ」

オーガ・コーエンは闘技場から下りて控室へと向かう。

「え？　はい。しょ、勝者！　キョーカン・オーレス」

なんとかオーガ・コーエンに勝つことができたが、僕は満身創痍でその場に倒れた。


僕は控室で治療されながら、その間暇だったので、キョーカン・オーレスになった理由をトマスさんから聞いた。

「いやいや、すいやせん、教官。偽名で出場登録しろって言われたんで、オイラのセンスでキョーカン・オーレスに……」

偽名にしたって、オーレス領の教官だからキョーカン・オーレスって安直すぎる。

しかも、オーレス子爵家の人みたいになってるじゃないか。

それにしても、オーガ・コーエンは強敵だった。

少しでも気を抜いたら、少しでも運が悪かったら、負けていたのは僕だった。

「それにしても教官。すごかったですね！　最後のアレ」

「うん。僕も必死でさ……どうなったのかよくわからないんだ」

するとトマスさんが興奮気味に話し出す。

「教官がこう、刀を下段から上段に振り上げたら、何百という鉄の礫が会場の外にすっ飛んでいきやがってですね」

そうか。『ダウジング』で除外しているのに、無理やり対象物に刀を向けたから、対象物の方が避けた……ということなのかな。

なんにせよ、また一つ戦い方のバリエーションが増えたことは嬉しい。

「さあ、教官！　副将は棄権したみたいなので、残る相手は大将あと一人です！」

「教官殿、よろしく頼みます」

部隊の皆の応援を背に、タチカワス領の大将、ファーレ・タチカワスとの試合に向かう。


試合開始の合図。

ファーレが話しかけてくる。

「キョーカン・オーレス君」

「は、はい」

「私は今から全力で『雷』のスキルを放つ。私の持てる最大で最強の技をね」

ファーレは、長い槍の石突《いしづき》を地面に突き立てて、話を続ける。

「先程の君とオーガ・コーエンとの戦いを見ていればわかる。おそらく君は私より強いだろう。だから……」

誠実な眼差しで、ファーレは僕を見つめる。

「私の最大の技で挑む、騎士としての誇りを見て欲しい」

「はい。わかりました」

「ありがとう」

僕は彼の頼みを快諾した。

ファーレ・タチカワスの覚悟を、本気を受けとめる。

ファーレは大きく足を開き槍を構えると、『雷』のスキルを纏った槍の穂が放電し始める。

「いくぞ！　キョーカン君。『雷』〝霹靂雷閃《へきれきらいせん》〟」

薙ぎ払う槍の先がまばゆく光り、轟音が響く。

もし、これがオーガ・コーエンと戦う前だったならば、僕はこの攻撃に対処できなかっただろう。

それほどに、僕と『雷』の属性は相性が悪い。

「『ダウジング』――〝除外〟〝雷〟！」

次の瞬間、僕に放たれた雷は、双剣に弾かれ空の彼方に消えていった。

「ははは。やはりすごいな、君は。審判、私は降参する」

「ファーレさん、すごかったです」

「ありがとう。これからも精進するよ。またいつか君と手合わせできることを願っている」

高らかに勝者の宣言が響き渡る中、僕らは固く握手をした。

途中、オーガ・コーエンの残忍な試合には怒りを覚えたけど、最後は気持ちの良い試合で幕を閉じることができた。

こうして勝ち上がったオーレス子爵領の剣士部隊は、明日ホワイトス公爵家の剣士部隊との予選決勝を行う。

ホワイトス領のメンバーは三つ星の剣士を中心として、大将は確実にフィンを出してくるだろう。

僕らにとって苦しい戦いになるはずだ。


僕らは酒場へと足を運んだ。

「さぁ、皆！　祝勝会だ！」

「「「おぉぉぉぉ！」」」

今日は全てを忘れて、オーレス子爵領にとって初めての予選決勝進出の余韻に興じよう。

酒場は、応援に駆けつけたオーレス子爵と、剣士部隊の皆で溢れかえっている。

「えー、諸君。まずは予選決勝進出おめでとう。皆の快進撃と、明日の必勝を祈願して。乾杯！」

オーレス子爵の乾杯の音頭を皮切りに、祝勝会は盛り上がりを見せる。

「おい、トマス。ワシの作った剣を使いこなしているみたいじゃのぅ」

「ええ、マウラ様のおかげで、オイラも随分人気者でさぁ。中年のおっさんばかりにですが……」

「ガハハハ。お前さんの戦い方はユニークじゃけぇのぉ。ワシもファンの一人じゃわい」

ご機嫌なマウラさんに、僕は恐る恐る話しかける。

「あの、マウラさん……ごめん。僕、言いつけを破って刀の刃側を使ってしまって」

「ああ、気にすんなって。あの相手じゃ、しょうがないじゃろうて」

「うん……何はともあれ、勝てて良かった。今は勝利を喜ぼうかな！」

その後も続く祝勝会の盛り上がる熱気を冷まそうと、僕は外の空気を吸いに出た。

夜空の星が瞬く夜の街、冷たい夜風が気持ち良い。

「お前、仮面を外すと、そんな顔してたんだな。本当に子供じゃねぇか」

僕の眼の前に白い外套の男が現れた。

「オーガ・コーエン……」

月明かりがオーガ・コーエンの顔を照らす。

「何しに来た！」

僕は刀の柄に手をかけて身構える。

「ああ、やめろやめろ。戦う気はねぇって」

「それなら、なんの用だ？」

「一つ忠告をしにね」

殺気は感じられない。どうやら、オーガ・コーエンは嘘を吐いているわけではないみたいだ。

「忠告？」

「あぁ、お前と一緒に行動している少年の格好をしたガキ。あれ、タートリア公爵令嬢のルシアだろ」

「……」

　気づかれていたのか……

「今、タートリア公爵家だけじゃなく、この国中の貴族があのガキを狙ってるんだよ」

「なんだって？　なぜ！」

「なぜって、金になるからだよ。一人で戦況をひっくり返すスキルの持ち主だぞ？　狙っているのは貴族だけじゃねぇ。山賊や盗賊もだ」

　オーガ・コーエンが遅れたのも、ルシア誘拐を企む他の勢力の殲滅《せんめつ》の任務があったかららしい。

「なんで、そんなことを僕に教えてくれるんだよ」

「お前はね、合格だからご褒美だよ。あぁ、あのガキがルシアだってことは、他のやつらにもバレてるぞ」

　僕は完全に油断していた。昨日、酒場で会った山賊にも、ルシアの正体がバレていた可能性がある。

「あんたはルシアを狙ってないのか？」

「あぁ、俺は殺し専門だからね。じゃあな。せいぜい気をつけろよ、キョーカン・オーレス」

「僕の本当の名前はライカだ！」

「ふーん……ライカか……うん。ライカ。うんうん」

オーガ・コーエンは、僕の名前をぶつぶつと呟きながら闇夜に消えていった。

「……そうですか、そんなことになっていたんですね」

オーレス子爵に先程の話を説明すると、彼はしばしの間考え込む。

「うーむ。かといって一番安全なのは、ライカ殿たちと一緒にいることだと思いますし」

その通りだ。僕やニャーメイドさんの近くが一番安全だろう。

最悪の場合、マタタビ石だってある。

「そうですね。とりあえず明日の予選決勝中は僕らの控室にいてもらうことにしましょう」

うつむきながら座るルシアが、申し訳無さそうな暗い表情で口を開く。

「皆さん。私のせいでごめんなさい」

「何言ってるんだ。ルシアはまったく悪くないって」

「こんなことになるなら私、スキルなんて要らなかった」

レアスキル『癒やし』。

二つ星ですら、切断された四肢の結合や中毒の治癒も可能となるスキルだ。

三つ星なら、心臓などへの致命傷を負った者の治癒も、条件はあれど可能となる。

王都の治癒士たち二十名の中でも、その三つ星は治癒士長ただ一人。

『癒やし』のスキルを持っている者とは、それほどまでに珍しく貴重な存在なのだ。

ルシアの五つ星の『癒やし』は更に規格外で、水などの液体に効果を付与できたり、複数人を同時に治癒できたりするほどの効果を発揮する。

つまり、軍に一人いるだけで、実質的に不死身の軍団が作れるわけなのだ。

「大丈夫さルシア！　必ず僕たちが守るから」

このあとも祝勝会は続いたが、僕の不安は心の中から消えはしなかった。

第七章　ホワイトス領との決勝

雲で覆われて今にも雨が降り出しそうな闘技場では、正午からオーレス領とホワイトス領の予選決勝戦が行われる予定だ。

僕たちは控室で最終確認をしていた。

「痛ててて。昨日調子に乗って飲み過ぎちまったぜ」

顔色の悪いトマスさんは、頭を押さえながら後悔を口にする。

「ガハハハ。小僧のクセにワシと同じペースで酒を呷《あお》るからじゃ」

「うふふ。今日だけ特別ですよ。『癒やし』〝解毒〟」

椅子に座りうなだれるトマスさんの背中に当てられたルシアの手から、優しい光が発せられる。

その光がトマスさんの体の中へ吸い込まれていくと、顔色は段々と良くなり眼差しにも精気が溢れた。

「おお！　すげぇ。二日酔いがさっぱり消えた」

皆が驚く中、マウラさんがルシアに話しかける。

「ルシア。ワシもちょっと二日酔いなんじゃが……」

「マウラさんはダメ！　自業自得です」

場の空気が和やかになる。

さて――

「皆、対戦相手ホワイトスの部隊は、四つ星のレアスキル『絶対零度』の大将フィンを筆頭に。それ以外も皆三つ星の手強い相手だ」

「強敵確定だな。かー！　そんなやつらと戦《や》りたくねぇな、おい」

トマスさんが嘆いている。

「相手は全員手練《てだれ》だと思うから、危ないと思ったらすぐに降参して構わない」

僕の言葉にケカスさんが言い返す。

「いいえ、教官。大怪我を負っても、我々にはルシア様がいらっしゃる。騎士道精神に則《のっと》り決死の覚悟で臨みます」

「だめだ！　本当に怖いのは怪我じゃない、トラウマなんだ」

気持ちは嬉しいけれど、僕はきっぱりと告げる。

たしかに負傷しても、傷はすぐに治る。

でも、痛みは記憶に残るし、恐怖は何度も繰り返し脳裏に浮かぶ。

心が折れてしまったら、もう剣士として生きられなくなってしまう。

僕は折角成長してきたこの部隊が、そうなってしまうことを望まない。

「だから、危ないと思ったら、すぐに降参すること」

悔しそうな顔をする皆に、僕は念押しをする。

「これはお願いじゃない。命令だからね」

僕は猫の仮面を被り、剣士たちの先頭を歩き闘技場へ向かう。

控室から闘技場までの薄暗い通路が、とても長く感じる。

ホワイトス公爵領の剣士たちとの、そしてフィンとの戦いが、いよいよ始まる。

審判員が選手の名を呼んだ。

「オーレス子爵領、先鋒トマス！　前へ」

「おうよ！」

トマスさんが両の手に剣を携え、闘技場中央へ歩み寄る。

「ホワイトス公爵領、先鋒……フィン・ホワイトス！　前へ」

なっ！　フィンが先鋒？

誰もが大将は四つ星のフィンだと思っていた。

余裕の表情を浮かべながら、黒い剣士の衣に身を包んだフィンが登場する。

オーレスの街のスタンピードの時と比べて、彼の表情から幼さが消えたように感じた。

父上やフィンの性格からすると、この数ヶ月の間に何もしなかったわけがない。

きっと、前より強くなっている。

トマスさんが明らかに空気に飲まれて固くなっているのが心配だ。

開始の合図とともに何かが一瞬、光った気がする。

次の瞬間、トマスさんは上体を反らし倒れかけたが、なんとか持ちこたえた。

「……」

トマスさんは無言でフィンを睨みつけている。

一方のフィンは、見下すような視線で不敵な笑みを浮かべていた。

『絶対零度』〝撒菱《まきびし》〟」

フィンが下段を剣で払うと、トマスさんの周りの地面から氷の棘《とげ》が生える。

身動きが取れないトマスさんに向かって、間髪を容れずにフィンは氷の刃で追撃する。

トマスさんはスキルを込めた双剣で防ぐが、勢いに押され撒菱を踏んでしまう。

彼の足から血が滲《にじ》み出る。

「……」

トマスさんは声を出さずに、苦悶の表情を浮かべている。

その後もフィンの一方的な攻撃は続くが、トマスさんはそれをなんとか耐え凌いでいた。

いつの間にか彼の足元には、血が湖のように広がっている。

フィンは、氷の撒菱を踏ませようと、いたぶるような攻撃を続けていたのだ。

トマスさんが耐えられず膝をつくと、地面から生える氷の棘が膝を貫く。これで勝負がついてしまった。ここから形勢を逆転させるのは困難だ。

「もういい！　トマスさん！　降参して」

「……」

トマスさんは一瞬、僕の方を見たが降参を宣言しない。

「トマスさん！　これ以上やっても意味がない。あとは僕にまかせるんだ」

「……」

フィンが身動きが取れなくなったトマスさんに近寄り、剣を振り上げる。

「あーあ、早く降参すればいいのに。きっと無口な人なんだね」

トマスさんは双剣を水平に構え攻撃を防ごうとするが、フィンの斬撃は二本の剣を折り、そのままトマスさんに袈裟《けさ》斬りを食らわせた。

なぜだ。マウラさんの作った剣が折れるなんて。

「勝者！　フィン・ホワイトス」

「僕ね、双剣のやつを見るとムカつくんだよ」

フィンは、担架で運ばれるトマスさんを見下ろし残忍な目つきで言う。

「なんで降参しないんだ！」

駆け寄る僕は、トマスさんの状態を見て驚愕する。

トマスさんの口は全体が、透明度の高い氷で覆われていたのだ。

これじゃ、降参を宣言できないじゃないか……

「なんて卑怯で残酷なことをするんだ……フィン」

僕の中に、怒りが湧き上がる。

「ケカスさん、棄権して僕にまかせてくれませんか」

僕は自陣の控え席に戻り、ケカスさんに頼む。

「教官……嫌です。あんな卑劣な輩、私は許せません」

怒りを露わにしているのは、僕だけではなかった。

ケカスさんが闘技場の中央へと向かう。

審判の前でフィンとケカスさんとすれ違う時に、鞘と鞘とがぶつかる。

「貴様！」

「おっと、これは失礼なことをした。詫びよう騎士殿」

騎士の家の者は剣の鞘同士がぶつかることを極端に嫌う。

それを知っていたかのように挑発するフィン。

怒りに我を失うケカスさんは、開始の合図と同時に居合い斬りの構えを取る。しかし――

「ぐっ、剣が抜けぬ」

鞘が凍りついて抜刀ができなくなっている。

試合前の鞘をぶつけた時、既にスキルを発動させていたのだろう。

出鼻をくじかれたケカスさんの動きが止まる。すかさず『絶対零度』のスキルを付与したフィンの斬撃は、ケカスさんの剣を鞘ごと破壊し、太ももに食い込む。

その刃は、ケカスさんの太ももの骨まで達しているだろう。

「もう少しで足を切り落とせたんだけどなぁ。なかなか硬い剣だね」

太ももの動脈を切断されたケカスさんは、失血により間もなく意識を失った。

「あはは、騎士が剣を抜かずに斬られるって、屈辱じゃない？」

「勝者！　フィン・ホワイトス」

審判が勝者を宣言する。

「さて、次は『土』のスキルの筋肉男だったかな？　早くおいでよ」

フィンの挑発に怒り荒れるオッツマーミさんが叫ぶ。

「もう許せん！　クソガキが！　捻り潰してやるわ」

「おお。間近で見ると大きいんだね」


オッツマーミさんとフィンの試合は長引いていた。

『絶対零度』のスキルを宿したフィンの斬撃を、オッツマーミさんの岩を纏った剣が受ける。

「あれ？　折れないな。ねぇ、あんたたちの剣、なんか異常に硬くない？」

「黙って潰れてろ！　クソガキが！　『土』〝岩石落とし〟」

頭上から大きな岩が落下するが、フィンはそれを難なく真っ二つにする。

「うん、岩は切れるな。やっぱり剣が硬いのか。さっきも剣越しだと、体も足も切断できなかったもんなぁ」

フィンの興味は、オーレスの剣士たちの持つ剣に向いているようだ。

「ねぇ、それって普通の剣じゃないでしょ。うちの剣士たちにも、その剣を装備させたいな」

「お前らなんかに鍛冶神様が、お作りになるわけねぇだろ！」

オッツマーミさんの水平斬りを、フィンは身をかがめて避けると同時に、体を反転させ、足先に蹴りを食らわす。

「ぐあぁっ」

オッツマーミさんの足先は、フィンの革靴に仕込まれた刃によって切断されていた。

『絶対零度』〝口無《くちな》し〟」

フィンは、先程トマスさんに使ったであろうスキルを発動した。

「～～～！　～～～！」

フィンは、オッツマーミさんが声を奪われ悶え始めるのを確認すると、意地の悪い笑みを浮かべる。

「さぁて。いたぶらせてもらおうかな」

片膝をつき悶えるオッツマーミさんの眼前で剣を振り上げると、薪割りのように振り下ろした。

オッツマーミさんは岩を纏う剣でなんとか防ぐが、度重なる攻撃でその岩は徐々に削れていく。

「うーん。なかなか折れないなぁ。鍛冶神様が作ったって剣。いいね」

フィンの薪割りのような攻撃はやむことがない。

「すごいね。もう二十回も耐えてるじゃないか。あと何回で折れるかな」

更に数回の攻撃のあと、遂にオッツマーミさんの剣が折れた。

「……！」

オッツマーミさんの顔は恐怖で染まっている。

無防備の彼に向かって、フィンはとどめの一撃を加えようと剣を振り上げた。

「そこまで！　勝者、フィン・ホワイトス」

審判の判断で試合が終了する。

「あーあ。勝手に止めないでよね。うざいなあ。次止めたら殺すよ？」

審判のおかげで残忍な光景が繰り広げられることは防がれた。

一方的な戦いを観て盛り上がる観客などはおらず、静まり返る闘技場。

なんとも後味の悪い試合が続くことに、観客も辟易《へきえき》とした表情を浮かべている。


オッツマーミさんの治療のため戻った控室では、マウラさんが眉間にシワを寄せていた。

「うーむ。ワシの作った剣を叩き折ったあいつの剣な……ありゃやばいぞ」

「マウラさんより凄腕の鍛冶職人なんているの？」

「ああ、ありゃあワシのお師匠さんが作ったやつじゃ。白虎様の爪でな」

急に自分の名前が聞こえた小白虎はビクッとする。

「ニャ？　ニャレの？」

「聞いた話じゃがな。お師匠さんが若い頃だから、もう数百年前になると思うが……あの剣の形は間違いない」

「ウニャ。昔、マタタビ石をたくさん持ってきた若いドワーフに爪をやったことがあったニャ」

「教官……私は……棄権します」

戦意を喪失したアテイラズさんが僕に告げる。

それがいい。今のアテイラズさんではフィンには勝てないし、無駄に苦しむ必要もトラウマを抱える必要もない。

「うん。そうしてくれて構わない。僕が行くよ」


「オーレス領、アテイラズの棄権によりフィン・ホワイトスの勝利！」

遂に僕の出番だ。

フィンの卑怯な戦い方は許せない。以前、オーレス子爵領できつくお灸を据えたはずだが、その後どうやら、違う方向に努力をしてしまったのだろう。

「オーレス領、大将キョーカン・オーレス！　前へ」

「なんだ、オーレスの大将は子供かよ。しかも変な仮面なんか被って」

「……」

「あはは。僕も子供だけどね」

数年前は、父上との修練についてこられずに毎日泣いていたフィン。僕を慕い、素直で純粋だった可愛い弟フィン。

随分捻《ひね》くれてしまい、高飛車で高圧的に育ってしまった。これも四つ星のレアスキルを授かってしまった驕《おご》りとホワイトス公爵家という欲塗《よくまみ》れの環境のせいなのだろう。

今、僕は兄として、兄弟喧嘩を始める。

試合が始まると、フィンが不機嫌そうに口を開いた。

「お前も双剣かよ。うざいなぁ。『絶対零度』〝撒菱〟」

硬い氷の棘が僕の周りに生えるが、除外で吹き飛ばす。

「お。あれを吹き飛ばすなんて、やるね。『風』のスキルかな？　じゃあ、これならどう？　『絶対零度』――〝見えない氷柱《インビジブルアイシクル》〟」

フィンの剣先から透明度の高い氷の矢が発射される。

トマスさんやオッツマーミさんの声を奪った透明の氷と同じ原理だろう。

『ダウジング』で氷を指定し、双剣で透明の氷柱を全て弾く。

見えようが見えまいが、僕には意味をなさない。

「な！　なんだよお前」

フィンは尚も見えない氷柱を連発するが、僕はその全てを叩き落とす。

「くそ！　『絶対零度』〝氷の槍雨《アイシクルレイン》〟」

無数の氷の矢が上空から降ってくる。

「どうだ！　これなら防げないだろ」

審判を巻き添えにしかねない攻撃を繰り出すフィンにうんざりする。

僕は再び『ダウジング』の除外を使い、全てを闘技場の外へ弾き飛ばすと同時に踏み込み、フィンの脇腹に峰打ちを叩き込んだ。

「カハッ！　な……」

息が詰まったフィンは、地面に蹲りながら苦しみ悶えている。

僕がその様子を見下ろしていると、フィンはなんとか立ち上がり構えをとる。

フィンが剣を振り上げ攻撃を繰り出すが、僕は片方の刀でそれを受け流す。

その瞬間、フィンがニヤリとして、靴に仕込んだ刃で僕の足を斬りつけようとする。

しかし、僕の足に届くことはなく、フィンの脛《すね》は僕のもう片方の刀の峰に激しくぶつかった。

「ぐあぁっ」

切れはしないが、それでも相当な痛みのはずだ。

その隙を見逃すわけもなく、僕は二本の刀を振り上げる。

これで終わりだな。

双刀を振り下ろそうとした瞬間――

「待ってくれ、参った！　降参だ」

僕達の兄弟喧嘩は、あっけない幕引きだった。

僕はフィンに背を向け歩き出すと、審判が声を上げる。

「勝者！　キョーカ……」

最後までされない勝者宣言が気になり、僕は審判を見る。

すると、フィンのスキルにより、審判の口を透明の氷が覆っていた。

「あはは！　隙あり！　死ねガキ！」

フィンが放った氷の矢が飛んでくる。

ギリギリで躱《かわ》したが、氷の矢は僕の仮面を掠めた。

仮面は外れて宙に舞い、数秒後に落下する。

「フィン……そこまで落ちたか」

怒りが止まらない僕はフィンを睨みつけた。

「あ……あ……兄上、なぜ……あんたが」

フィンは驚きたじろぐ。

「フィン、お前にはがっかりだよ」

「偽名で登録なんて反則だ！　不正だ。失格にしろ」

「そんなことはどうでもいいんだよ。フィン」

「そうか、さてはオーレス子爵に取り入って養子になったんだな」

僕の言葉を待たず、フィンは次々と捲《まく》し立ててくる。

「フィン！」

僕の大きな声に、フィンは体を震えさせて、反射的に返事をする。

「はい」

「立て、フィン」

フィンが立ち上がった瞬間に、僕は飛び込みながら斬撃を食らわす。

フィンはかろうじて防御するが、剣圧で後方へ吹き飛んだ。

四つん這いで吹き飛ばされた勢いを殺そうとするが、地面はフィンの膝を削る。

「痛っ」

「痛いか、フィン。膝を擦りむいただけの、その程度で」

僕の峰打ちでの追撃は背を向けて逃げるフィンの肩に食い込む。峰打ちでも肩の筋肉を断裂させるくらいはできる。相当な痛みが走っているだろう。

「ぐあぁっ」

「降参できないトマスさんに、お前が斬撃を食らわせた部位だ。痛いだろう？」

「ま、待って兄上」

僕はその言葉を無視して、フィンの太ももに刀の峰をめり込ませる。

刀越しに太ももの筋肉を断裂させた感覚が、両手に伝わってくる。

「ぎゃぁぁ」

「剣を抜けないケカスさんは、お前の刃が骨まで達したぞ」

「参った、参りました！」

闘技場を必死に逃げ惑うフィンを、僕は歩いて追いかける。

「審判！　止めろ！　降参だ」

審判員が試合を止めることはない。いや、できないのだ。なぜなら。

「おいフィン。お前が自分で審判の口を塞いだのだろう？」

「くっ。兄上、許してください。しょうがなかったんだ、僕はホワイトス家の次期当主として勝たなければならなくて」

フィンの必死の訴えは、まったくもって同情に値しない。

「あんなに卑怯な手を使ってでもか？」

「ちがっ……あれは、そう。あれは父上の命令なんです」

フィンはそう言うが、おそらく保身のための言い訳だろう。

「父上の命令だろうが、やったのはお前だろう。人のせいにするな」

僕はフィンがオッツマーミさんにしたように、薪割りのように刀を振り下ろす。

それを剣で防ぐフィンは、押しつぶされてカエルのように地面にへばりつく。

「お前にはこのお仕置き方法が一番応えるだろう」

「うっ、うぅ」

「さあ、もう一度だ。立て」

僕はフィンの胸ぐらを掴み、何度も無理やりに立ち上がらせる。

ふらつきながら立ち上がる度に叩き伏せる。

フィンは戦意を喪失しているが、それでも何度も、胸ぐら、首根っこ、髪を掴み立ち上がらせては、叩き伏せることを繰り返した。

「うぅ……もう、勘弁してくれ、勘弁してください。兄上……」

「なぁ、フィン。あの頃を思い出せ。あの頃のお前は、純粋に強くなるために頑張っていただろ。

なぜ、邪道に落ちたんだ！」

「……のせいだろ」

フィンは、ぶつぶつと呟いている。

「ん？」

「あんたのせいだろ！　兄上」

フィンは怒りを露《あら》わにした表情で、僕に向かって叫ぶ。

「なんで、そうなるんだ」

「僕は兄上を尊敬していたんだ。十歳にして父上を上回る剣技、この国初めての六つ星……最高の兄を持って嬉しかったさ」

フィンは地面に両手をつき、泣きながら語り出す。

地面には、ぼたぼたとフィンの涙が落ちてシミを作る。

「兄上がスキルのお披露目会で父上の顔に泥を塗って勘当されて……兄上から僕に移った父上の期待に応えるために、必死に努力したんだ」

フィンの目つきが変わり、歯ぎしりをしながら怒りの表情を見せる。

「それなのに、なんだよ。宴会芸って笑われてたはずなのに、オーレスのスタンピードの時に完膚なきまでに僕を叩き伏せて……弱いから勘当されたはずなのに、どうして僕より強いんだ。どんな手を使ってでも兄上より強くなろうと思うのは悪いことなのかよ！」

「ああ。悪いことだよ。お前は真っ当な努力をしなければならなかったんだ」

僕は努めて冷静に返す。

「六つ星を授かったような、恵まれた兄上にはわからないさ！」

「星の数じゃない！　お前が戦ったトマスさんは一つ星だ。彼は、まだまだ強くなる。卑怯な手を使わなくてもね」

「くっ」

「フィン、心を入れ替えろ」

僕は最後の一撃の準備をする。

この一撃でフィンを潰れたカエルのようにしてお仕舞いにしよう。

思いっきり振り下ろした二本の刀が、受けるフィンの剣にぶつかる。

瞬間――

バキンッ！

鈍い音が闘技場に響き渡る。フィンの剣にぶつかり折れた二本の刀は、回転しながら地面に落下する。

「なっ」

◇◆◇

「マウラよ、そろそろ独り立ちだな」

「はい。お師匠さん」

「最後に四聖獣の素材を武器にする方法を教える」

まだ髭が生えていない若き日のマウラと、師匠のドワーフが鍛冶場の椅子に座り話している。

「四聖獣ってのは、もういなくなってしまったんじゃ？」

「最近はお姿を見ないが、いつかお前も四聖獣の素材に出会うかもしれないからな」

「お師匠さんは作ったことがあるんですか？」

「ああ、白虎様の爪でな。剣身全てを白虎様の爪でこしらえた剣をな」

「ワシもいつか作ってみたいものです」

「ワシらドワーフは長命じゃ。長く生きていれば出会うかもしれないな」


マウラは、遠い昔のことを思い出すように言う。

「やはり耐えられなんだか……」

「鍛冶神様、なんでですかい？　教官の刀だって同じ白虎様の爪なのに」

マウラの横にいるトマスが、不思議そうな顔をしながら質問した。

「ライカの刀はのぅ、刃の部分だけが白虎様の爪なんじゃ。それに対して、相手のガキの剣は全てが白虎様の爪でな……」

「単純に強度の違いってことですかい？」

「ああ。ライカがもっと早く決着をつけてればよかったんじゃがの」

◇◆◇

「あは……あははは。運だけは僕の方が強かったみたいだね、兄上。『絶対零度』〝氷槍《ひょうそう》〟」

僕に向かってくる氷の槍を、折れた二本の刀にスキルを付与してなんとか防ぐが、勢いに押され折れた刀を手放してしまう。

「あはは。形勢逆転だね」

僕はニャーメイドさんの動きを真似しながら、なんとか避け続けるが、体力の消耗が激しく、これが長く続かないことはわかりきっている。

でも、不思議とこの状況に危機感を感じない。

「逃げるのに必死だね。さっきまでの偉そうな態度はどうしたんだい？　兄上」

フィンが剣にスキルを付与する。

「兄上、これでお別れだ。明日からまた兄上の席の花に話しかけてあげるよ。あはは」

僕は逃げながら、懐を探る。

うん。多分これでいける。僕は確信した。

「死ね！『絶対零度』――〝千本槍《せんぼんやり》〟」

フィンの攻撃に合わせて、僕はスキルを発動した。

「『ダウジング』――〝除外〟〝氷の槍〟！」

無数の槍は軌道を変え、闘技場の壁へと突き刺さった。

「フィン、千本槍って言いすぎだよ。三百本程度しか無いじゃないか。そういう虚勢を張るところだぞ。お前の悪いところは」

「なん……で、なんだよそれ」

僕は両手にダウジングロッドをトンファーのように握っている。

「こういう使い方は正しくないけどね」

「あーくそっ！　しつこい！　うざいんだよ……腕ごと叩き斬ってやる」

怒りに任せて斬り込んでくるフィンの攻撃を、右で防ぎ、左で脇腹を強打する。

「ぐはぁ」

右脇腹を押さえ膝をつくフィンの顔面をダウジングロッドで殴打すると、数メートルほど吹き飛んだ。

歯が折れ、頬を腫らし、剣を杖にして立ち上がるフィン。

「兄上……参りま」

「ダメだ！　許さないし逃さない『ダウジング』――〝急所〟」

僕が手を離すと、二本のダウジングロッドは勢いよくフィンに飛んでいき、一方は鳩尾に、もう一方は喉に突き刺さる。

「あ……あがっ……」

フィンは白目を剥き、大量に失禁しながら気を失い倒れた。

フィンが意識を失うと、審判の口を覆っていた透明の氷が砕け落ちる。

「……勝者！　キョーカン・オーレス」

高らかな勝利宣言とともに会場が沸き立った。


フィンのあとに控えていた残りの四人の剣士たちは、フィンの敗北の様を見ると戦意を喪失し、全員が棄権した。

「予選大会優勝、及び本戦大会進出はオーレス子爵領」

会場にアナウンスが響くと、紙吹雪が舞い、オーレス領の仲間たちが駆け寄ってくる。

皆にもみくちゃにされたあとの胴上げは、数分間にもわたり、地面に下りた頃には目が回ってしまっていた。

王都の治癒士による僕とフィンの治療が終わると、閉会式が行われた。

休憩する間もなく王宮へと移動し、国王への謁見《えっけん》が催される。各地の領主と出場選手が一堂に会し、表彰とカイリーン国王からの言葉を賜る恒例行事だ。

「余《よ》が国王カイリーン十二世である。皆の者、此度の予選大会、ご苦労であった」

領主たちと剣士たち全員が、膝をつき頭を垂れている。

「長年、決勝に進んでいたホワイトス公爵領が遂に敗れたな。勝利したオーレス子爵領の者たち。素晴らしい戦いであったぞ」

「ありがたきお言葉、恐悦至極に存じます」

オーレス子爵が一歩前へ出て、感謝の言葉を口にする。

「オーレス子爵領のスタンピードを討伐した四つ星の者が、まさか敗れるとはな」

「国王陛下、僭越《せんえつ》ながら申し上げたいことがございます」

オーレス子爵は、頭を下げたまま国王への発言の許しを乞う。

「申してみよ」

「我が領を救ってくれたのは、ホワイトス公爵家のフィン殿ではなく、こちらにいる兄のライカ殿なのです」

オーレス子爵の言葉を、いきり立った父上がすぐに遮り叫んだ。

「オーレス子爵！　何を言う！　貴殿の領地を救ったのは我が息子フィンであるぞ」

「ホワイトス公爵、余はそなたの発言を許しておらぬぞ。余は今、オーレス子爵と話しておるのだ」

「ぐっ……申し訳ございません」

国王は父上を一喝すると、穏やかな表情で話の続きを求める。

「して、オーレス子爵領を救ったのは本当に、そのライカという者なのだな？」

「はっ。証人がたくさんおりますゆえ、間違いはございません」

この場に集まった領主たちがどよめき出す。

「おい、あれだけ息子自慢をしておいて、嘘だったのか？」

「自分が追い出した方の息子の手柄を横取りか。ホワイトス公爵らしいな」

父上が他の領主たちを睨むとどよめきは収まる。

しかし、厳しい表情に変わった国王が、父上を睨みつけながら低い声で尋ねた。

「ホワイトス公爵、そなたは余に虚偽の報告をしたということになるな」

「い、いえ……おいフィン！　どういうことだ！　お前が救ったのではないのか？」

狼狽《うろた》える父上の問いに、黙って目を伏せるフィン。

「陛下、い、いえ……そ、そうです。ライカも我がホワイトス家の長男です。虚偽の報告では決してありません」

「勘当したと聞いておるが。書類も届いておる」

「いえ、これは何かの間違いで……」

怒りが頂点に達した国王は、父上を怒鳴りつけた。

「ええい、黙れ。調査結果と処分は後日しっかりと通達する。爵位と領地も考え直さねばならぬかもな。覚悟しておけ」

「へ、陛下！　待ってください。これは何者かの陰謀《いんぼう》でございます」

父上は威厳など微塵も感じられぬ姿で、国王陛下に縋りつく。

「ホワイトス公爵、余はそなたの発言を許しておらぬぞ。さぁ、ホワイトス領の者たちはすぐさま出ていけ」

強制退場を余儀なくされた父上は顔を真っ赤にし、僕を睨みつけながら謁見の間をあとにした。

その後、僕らは国王から本戦への激励の言葉を賜り、謁見を終える。

王宮の廊下を歩いていると、フィンの姿が見えた。

「兄上……」

神妙な面持ちのフィンが僕を呼び止める。

「皆、先に行ってくれないか。僕はフィンと少し話してから戻るよ」

僕は剣士部隊の皆に声を掛け、フィンと二人で話せるように移動する。


夕暮れ時。沈みかけた太陽は空を茜色に染める。

僕とフィンは王宮の中庭のベンチに並んで座っている。

「兄上が勘当されて家を追放されてから、僕は次期ホワイトス公爵として教育を受けてきた」

しばらく俯いていたフィンが、訥々《とつとつ》と話し始める。

「うん」

「今までは見向きもされなかったから、最初はすごく嬉しかった」

「うん」

「でも、たまに少し思い出すことがあったんだ」

「うん？」

「僕が小さい頃、ずっと兄上のあとをついて回っていたことをさ」

「うん」

フィンは昔を懐かしむように語り出した。

太陽が沈んでもまだ、空と雲は深緋《こきあけ》色に留まっている。

「なぁ、フィン。僕の攻撃は痛かっただろ。大丈夫？」

「いいや、大丈夫じゃない」

「僕とまた勝負したとして、勝てると思うかい？」

「いいや、勝てる気がしない」

「わからないぞ。今度、稽古をつけてやろうか？」

「いいや、そんなこと、父上が許さないさ」

「父上か。自分の意見を通せばいいじゃないか」

「いいや、僕にそんな勇気はないよ。それでも、もう一度頑張ってみるよ」

空は赤みが無くなり、一つ二つと星が輝き始める。

「今度……兄上が住んでいる別荘に遊びに行ってもいいかな」

「うん！　いつでもおいで！　美味しいごちそうでもてなすよ」

「……ありがとう。兄上」


フィンと別れて宿屋へ戻ると、待っていた仲間たちが出迎えてくれる。

「ライカが来たぞ！　さぁ、今日は盛大な祝勝会じゃ！」

マウラさんが鼻息を荒くして、祝杯を楽しみにしている。

僕は精一杯元気な声を出す。

「よし！　皆！　思いっきり楽しもう！」

「「「おーーーーー！」」」

僕らはトマスさんが手配してくれた貸し切りの酒場に移動した。

僕たちが国王に謁見している間、買い物に出かけていたルシアとニャーメイドさんは、遅れて参加するそうだ。

「まだ皆そろっていないが、私も嬉しくてもう待てない。皆、盃を持て！」

オーレス子爵はかなり機嫌が良い。それはそうだろう。オーレス領の剣士部隊が西の地の予選を勝ち残り本戦へ進むなんて、オーレス領始まって以来の一大快挙だ。

この場にいる皆が、オークの木でできたジョッキを掲げる。

「オーレスの英雄たちに――乾杯」

祝勝会は進み、お酒を飲んでいる人たちは、既にかなりでき上がっている。

「鍛冶神様ー。オイラの剣がへし折られちまいましたよぉ。もっとスゲェのを作ってくだせぇ」

「よーし、小僧ども！　ワシがもっと強い剣を作ってやるぞ」

「「「おぉぉぉ！　鍛～冶神！　鍛～冶神！　鍛～冶神！」」」

「お前たち！　マウラ様になんて不敬な」

酒で顔を赤くしたオーレス子爵が、剣士たちを叱る。

「何言ってやがるんだい。このスットコドッコイ！　誰のお陰でこの弱小貴族が予選を勝ち抜いたと思ってるんだい」

「き、貴様！　トマス。領主である私になんて口の利き方を！」

「おい、領主！　お前は器が小さいニャ」

「びゃ、白虎様まで……」

酒の入った大人たちは、無礼講《ぶれいこう》を体現している。

酒が飲めない僕と皆の温度差は天と地ほどあるが、眺めているだけで楽しい気分になる。

小さい頃からの夢だった王都剣士大会。本戦まではまだ時間がある。

しばらくは屋敷で、ゆったりとした時間を過ごしたい。

僕は屋敷での優雅な生活を想像しながら、祝勝会を楽しんだ。


バンッ！

激しくドアが開き、いつも冷静なニャーメイドさんが、祝勝会が行われている酒場へと慌てて入ってくる。

「ライカ様……大変デス。ルシアさんの姿が見当たりまセン！」

「なんだって！　目を離さないようにお願いしていたじゃないか！」

僕は焦り、ニャーメイドさんに声を荒らげる。

「すみまセン。ライカ様たちが王宮に行っている間、ワタシたちは買い物に出かけたのデスが……そこで――」

終章　新たな危機

時は少し遡る。

予選大会の閉会式後、ライカたちは国王に謁見するために王宮に出かけた。

「ライカたちはいつ帰ってくるニャ？」

「日暮れには帰ってくると聞きまシタ」

小白虎の問いにニャーメイドが答える。

「そうか、白虎様。それまで二人で一献《いっこん》やって待ってるのもありですのぅ」

「ウニャ。ドワーフ、酒を用意するニャ」

「よし来た！　白虎様のために上等なマタタビ酒をご用意しよったんです」

宿屋の客室で酒盛りを始める小白虎とマウラを、冷ややかな目で見るニャーメイドと、呆れた目で見るルシア。二人同時にため息をつく。

「はぁ。ニャーメイドさん、買い物行きませんか？」

「ハイ、そうしまショウ」

夕方の王都、二人は、商店が立ち並ぶ通りを歩いている。

「ニャーメイドさんとのお買い物、楽しいな」

ルシアが嬉しそうに店を眺めている。

「ソウデスか。ルシアさんはナニを買うデスか？」

「うふふ。内緒！　私この店を見てきますね」

目当ての店を見つけたのか、ルシアはニャーメイドを外に残して店の中へと入っていった。

ニャーメイドは周囲の気配を常に気にしながら店の前に仁王立ちしている。

ルシアが多くの貴族や組織に狙われていることは、ライカに散々言われており、ニャーメイドはルシアの護衛を任されていた。

ニャーメイドが醸し出す隙のない雰囲気は、通行人も避けて通るほどの覇気を放っていた。

本来の姿の白虎に次いで、ライカをも超える圧倒的な戦力を誇るニャーメイド。護衛としてこれほど適した者はいない。

「ニャーメイドさん。お待たせしました」

店から出てくるルシアは、嬉しそうに弾むような足取りでニャーメイドの前に立つ。

「ふふふ。ニャーメイドさん、手を出して」

ルシアの手には、薄紫色の宝石があしらわれた髪留めがあった。

「ニャーメイドさんの白い髪に似合うと思って」

「ワタシにくれるデスカ？」

「うん。せっかく綺麗な髪だから、似合うかなと思って」

そう言うと、ルシアは満面の笑みで髪留めを渡す。

「アリがとうございマス♪」

ニャーメイドが顔を赤らめて、受け取った髪留めを見つめている。

「ナニかお礼をしなければ……ルシアさん、魔獣の殺し方を教えて差し上げマス」

「え……私には無理だよぉ」

ニャーメイドが考え込むが、次の瞬間何かを思いついたような表情をする。

「そうデスか……では、これを差し上げマス」

ニャーメイドは爪を伸ばすと、その一本を無表情でへし折った。

「白虎様の爪ほどではゴザイマセンが、ルシアさんの『治癒』の効果が増すと思いマス」

「ちょ！　ニャーメイドさん！　血！　血ーー！」

ルシアは、突拍子もない行動をしたニャーメイドに、慌てて『癒やし』のスキルで治癒をする。

ニャーメイドの爪を受け取り、大事にポケットへとしまい込むルシアは、複雑な表情をしていた。

その時――

「待て！　クソガキ」

明らかに人相の悪いゴロツキが、大勢で一人の少年を追いかけている。

「助けて……お姉ちゃん！」

ルシアのもとに逃げてきた少年をよく見ると、背中に傷を負っている。

「ニャーメイドさん！」

「ハイ。こいつらはまかせてくださサイ」

『『癒やし』〝傷口〟」

みるみるうちに子供の傷が癒えていく。

傷が塞がったことを確認すると、ルシアは少年に逃げるように指示をする。が……

「お姉ちゃん、僕の弟が……あっちで怪我をしているんだ」

「まあ！　案内して！」

「待っテ！　ルシアさん、ワタシのそばを離れないでくだサイ」

「大丈夫。ニャーメイドさんは、この男たちをお願い」

そう言うと、ルシアは少年に連れられて駆けて行く。

男たちを片付け、ルシアのあとを追ったニャーメイドだったが、そこには先程の少年と負傷した弟だけがいた。

そう、ルシアの姿はなかったのだ。

◆◆◆

「スミマセン、ライカ様。ワタシが目を離したばかりに」

それからニャーメイドさんは辺りを捜したが、結局見つけられずに宿屋へ帰ってきたという。

「その少年は……」

「ハイ。命に別状はありませんが……」

ニャーメイドさんの話によると、路地に突然現れた男たちが、弟をナイフで刺し、兄の背中を斬りつけたそうだ。

「あそこの店にいる、緑色の髪をした女の子を連れてくれば、弟を助けてやる」と言われた兄が、ルシアたちに助けを求めたとのことだ。

「子供を使うなんて、とんでもねぇ野郎たちですな。オイラがとっちめてやりますぜ」

「早くルシアを見つけなきゃ……」

ニャーメイドさんが冷や汗をかきながら、僕の両肩を掴み訴える。

「ルシアさんはワタシの爪を持っていマス。ワタシの爪をターゲットに『ダウジング』を……」

「お前阿呆かニャ？　ライカなら直接ルシアを見つけられるニャ」

ため息をつきながら、小白虎は冷静にニャーメイドさんを宥《なだ》める。

「ア、ワ……そうデシタ。ライカ様！　早くルシアさんを見つけてくだサイ」

普段冷静なニャーメイドさんがここまで取り乱しているなんて、相当責任を感じているのだろう。

「うん。『ダウジング』〝ルシア〟」

ダウジングロッドが光を帯びて、ルシアがいる方向に反応し始める。

この感じだと、既に王都を出てしまったかもしれないな。

「よし、ルシアを助けに行こう！」

僕たちは祝勝会を抜け出し、ルシア奪還のために王都を発った。

キャラデザ大公開！

☆ライカ☆

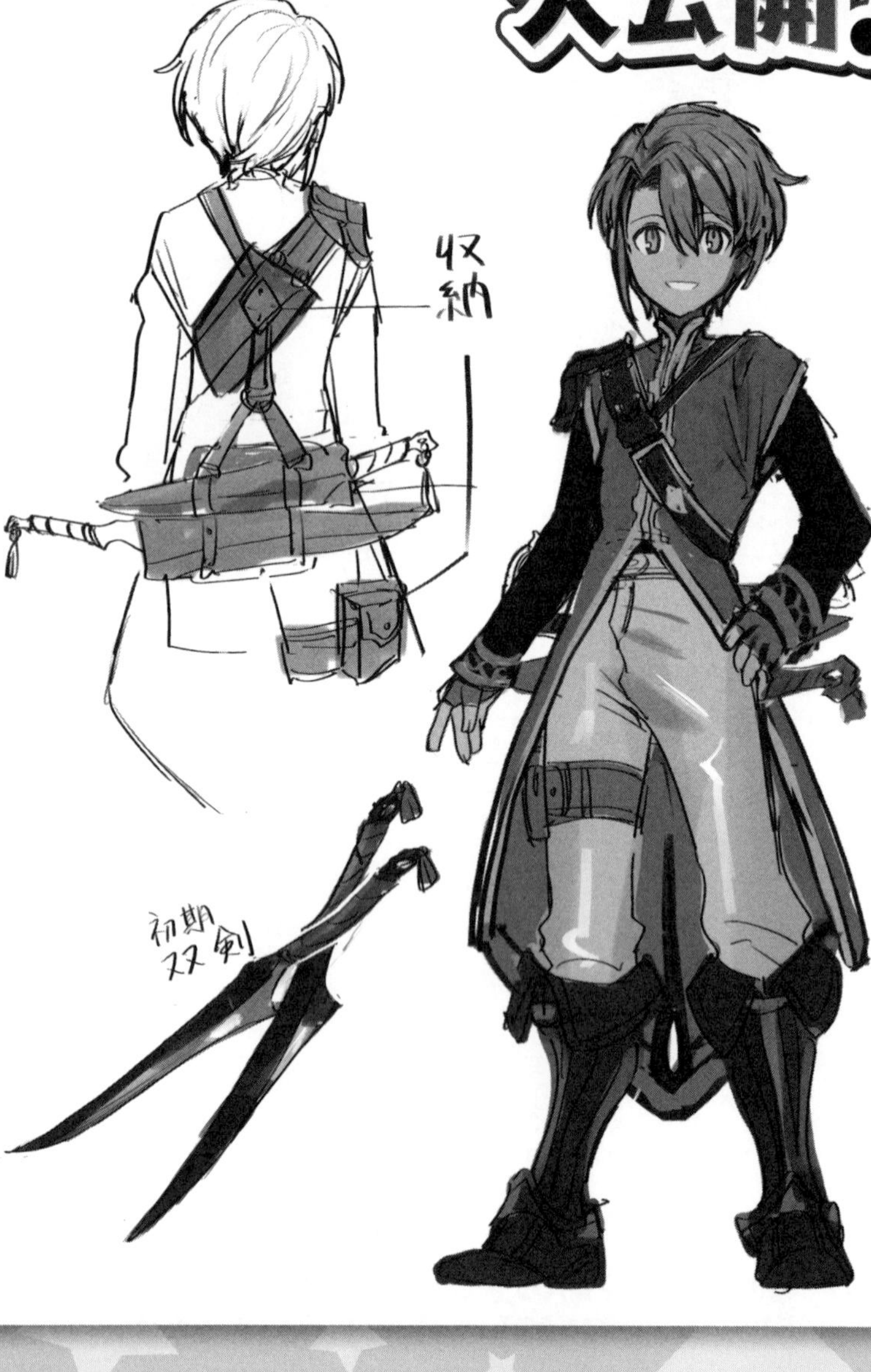

☆小白虎☆

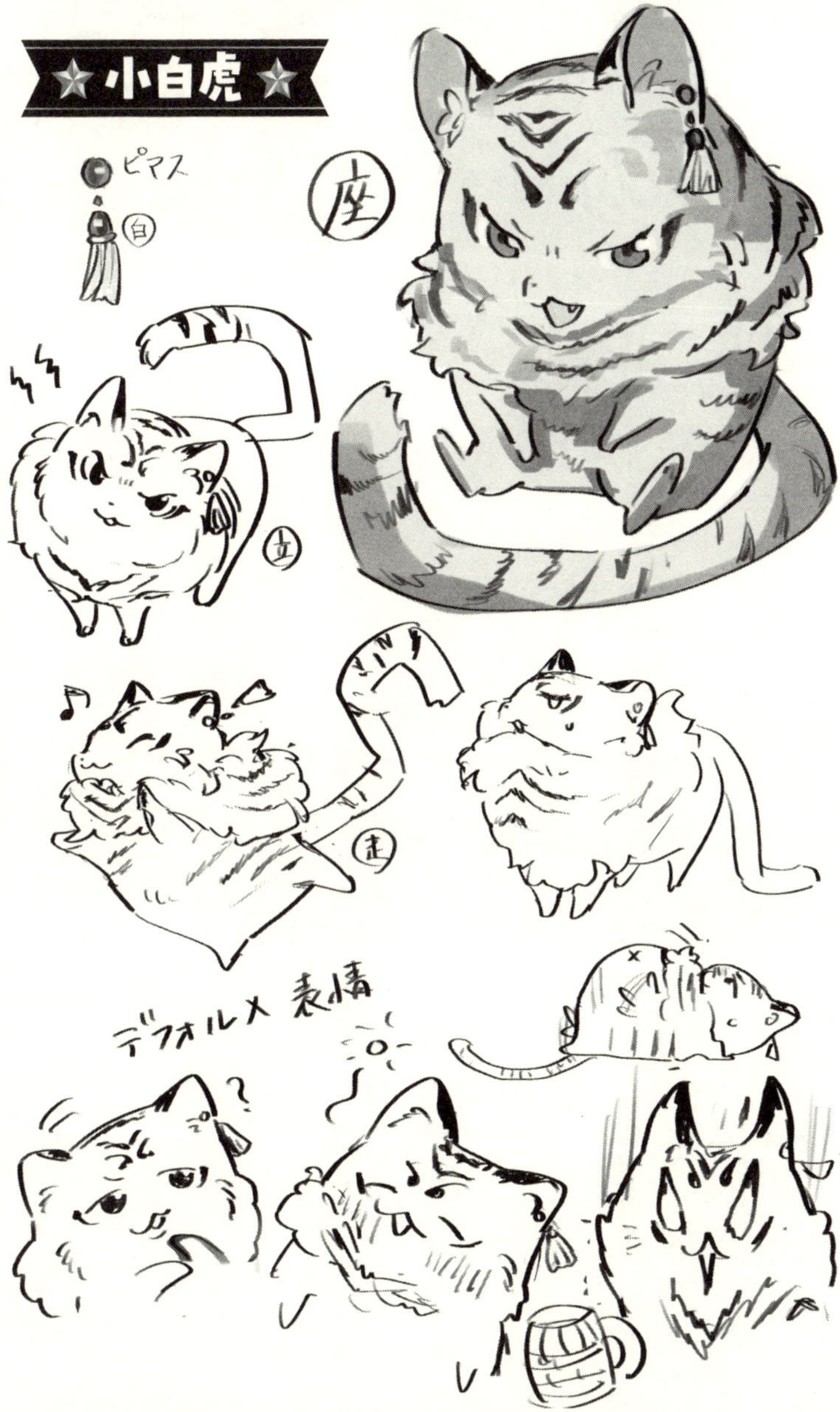

貴族家の長男、リドル・ブリードとして転生した会社員の六井《むつい》吾郎《ごろう》。せっかくの異世界転生、全力で楽しもう……と思ったのも束の間、神から授かったのは、小型魔獣しかテイムできないスキル「小型オンリーテイム」!?　見栄っ張りな父親は大激怒！　リドルは相棒である子犬のレオ、子猫のルナと辺境領へと追放されることに。しかし辺境領に向かう途中、レオとルナが凶悪魔獣すらワンパンしちゃう最強もふもふだったと判明！　その上、辺境領には特別な力を持った激レアのプチ魔獣がたくさん暮らしていて……!?　可愛い＆最強な小型従魔たちと辺境を大開拓！　異世界ちびもふファンタジー!!

◉定価：1430円（10%税込）◉ISBN：978-4-434-35347-5 ◉Illustration：しば

処刑された死に戻りの第六王子は故国を捨て、
隣国のギロチン皇女と復讐を誓う
サンボン
Sammbon
さあ、復讐を始めようか。
王国の第六王子ギュスターヴ。彼は敵国の皇女アビゲイルのもとに婿入りし、情報を引き出すことで自国を勝利に導き、大戦の英雄になるはずだった。だが王国に裏切られ、ギュスターヴは処刑される。『ギロチン皇女』として恐れられた、妻アビゲイルと共に……次の瞬間、ギュスターヴは再び目を覚ました。そして六年前にまで時が遡っていることに気が付く。自身を裏切った故国を叩き潰すべく、ギュスターヴはアビゲイルと手を組むことを決意した。死に戻りの第六王子と皇国一の悪女の逆襲が、今始まる！
◎Illustration：俄
◎定価：1430円（10%税込）
◎ISBN978-4-434-35348-2